# Un valentin pour Valentine

Agathe Métais

# Un valentin pour Valentine

Romans
PGCOM Editions

**Un valentin pour Valentine**
© PGCOM Editions 2017
Tous droits réservés
http://www.pgcomeditions.com/
ISBN : 978-2-917822-51-7

## Chapitre 1

- C'est moche.

- Tu es très beau le contredit aussitôt Delphine, tout en ajustant d'un geste d'expert le col de la chemisette que son petit garçon venait d'enfiler à contre cœur.

- C'est ça qui est moche précisa-t-il, en désignant l'habit dont on l'avait obligé de se vêtir.

Delphine éluda la remarque et jeta un coup d'œil d'ensemble à la tenue vestimentaire de son fils. Le résultat la satisfaisait pleinement. Un coup de peigne et le cas Antoine serait réglé conclua-t-elle mentalement.

Elle entendait ses deux autres enfants rire dans la pièce voisine et les imaginait se bousculant devant la glace pas assez large pour que deux personnes puissent se regarder en même temps. Elle l'avait fait elle-même quelques décennies plus tôt avec ses propres sœurs. Ce chahut restait bon enfant et amusait les filles tant que le petit frère ne se mêlait pas au jeu. Delphine se doutait qu'Antoine allait d'une minute à l'autre les rejoindre et mettre la pagaille juste pour les taquiner. Face à lui, tandis que sa maman le coiffait, elle le voyait regarder ses deux grandes sœurs avec envie. La situation devait lui sembler injuste, il était non seulement coincé, mais également contraint de se tenir tranquille tandis que ses sœurs pouvaient s'amuser comme des petites folles. Et tout ça pourquoi ? Pour être beau lui avait-on dit ! Mais se faire beau pour quoi faire ? En plus il n'aimait même pas son pantalon, il n'était pas bleu. Lui n'aime que le bleu. Delphine s'aperçut qu'il sautillait d'impatience. Elle allait devoir lui laisser sa liberté avant qu'il ne la prenne de lui-même.

- Voilà, c'est fini ! lança-t-elle à son intention.

Antoine lui répondit par un magnifique sourire et courut comme prévu rejoindre ses deux grandes sœurs. En se retournant, Delphine constata que si les filles étaient habillées ni l'une ni l'autre n'étaient coiffées !

- Iris, Capucine, je pensais que vous étiez prêtes s'exclama-t-elle !!

- On est prête Maman

- Vous n'êtes pas coiffées ! On va finir par être en retard !

Valentine arriva à ce moment-là et proposa :

- Je m'en occupe.

- Oui ! crièrent-elles, le cœur plein de joie et d'allégresse.

Valentine avait le talent d'exécuter haut la main tout type de coiffure, même les plus farfelues que lui réclamaient ses nièces, et, en ce jour particulier, les deux jeunes filles désiraient ardemment ressembler à des princesses. Quelle aubaine, leur révéla leur tante, car c'était précisément son thème de prédilection.

Valentine saisit, d'un geste vif, la brosse à cheveux encore posée sur le buffet du salon et entreprit dans un premier temps de démêler la longue chevelure de Capucine. Antoine qui vouait une adoration particulière à sa tante Valentine, resta sagement debout à côté de celle-ci et tenait consciencieusement les élastiques à cheveux. Ce rôle était très important, c'est Valentine qui le lui avait dit et Valentine a toujours raison.

Delphine, soulagée que sa sœur prenne le relais, abandonna ses enfants pour s'occuper d'elle-même. En consultant sa montre, elle sut qu'elle n'avait pas une seule minute à perdre, car tout ce petit monde devait quitter les lieux d'ici 20 minutes, au grand maximum.

C'est donc d'un pas rapide qu'elle monta les escaliers menant au premier étage et se rendit directement dans sa chambre de jeune fille. Le papier peint rose pâle lui semblait encore plus clair que le jour où elle l'avait sélectionné, il y a de ça bien longtemps. La couleur, à la fois féminine et apaisante, lui plaisait toujours autant, exactement ce à quoi elle aspirait aujourd'hui encore. Avec trois enfants, dont l'un encore en bas âge, Delphine avait besoin de zénitude. Ses filles, Iris et Capucine étaient de vraies jumelles et ressemblaient trait pour trait à leur mère, quant à Antoine il était le portait craché de son papa. Même sourire, même besoin de foncer, de découvrir, que des qualités en somme, mais vu son âge, cela nécessitait une surveillance constante et non moins éprouvante pour une maman, qui plus est, lorsque celle-ci est dotée du chromosome de l'inquiétude. Donc quand la plus jeune de ses grandes sœurs lui annonce qu'elle est partante pour gérer une partie de la marmaille, la jeune maman décompresse… un peu.

La chambre de Delphine étant située à l'autre extrémité de la porte d'entrée, il lui aurait été impossible d'entendre la voiture qui venait tout juste d'entrer dans la propriété familiale. C'est donc en descendant les escaliers menant vers le rez-de-chaussée que Delphine constata que sa sœur aînée venait de les rejoindre. Installée en région parisienne, Delphine n'avait pas eu l'occasion de voir

Clothilde depuis plusieurs mois. Elle l'accueillit donc chaleureusement en la complimentant sur le choix de sa robe.

- Je viens de gronder notre sœur, répondit cette dernière, fâchée à tel point qu'elle ne prêta pas la moindre attention au compliment reçu.

Delphine, étonnée d'une réaction aussi vive et inattendue chercha Valentine du regard pour comprendre. Clothilde répondit à ses interrogations en l'informant que la fautive s'était échappée suite à ses remontrances.

- Elle s'est contentée de me répondre, je cite : J'estime que le fait de me rendre à ce mariage est déjà  est un effort plus que suffisant.

Les tenues vestimentaires de Valentine étaient une source de conflit récurrente chez les enfants d'Emma. Delphine et Clothilde déploraient le manque évident d'effort que leur sœur daignait faire pour se mettre en valeur. Une situation jugée déplorable qui annihilerait tout espoir de voir un jour cette dernière accéder au statut de femme mariée. Si Valentine ne réagissait pas rapidement, célibataire elle est, et célibataire elle resterait. C'est au cours d'une énième discussion sur le sujet qu'Emma, leur mère, fit son apparition dans une robe d'été. Delphine la plus coquette des filles estima que sa mère aurait pu sélectionner un vêtement moins terne. Celle-ci se défendit en lui expliquant qu'elle avait initialement prévu d'acheter une nouvelle tenue, mais que Valentine l'en avait dissuadé. Les filles échangèrent un regard lourd de sens. Valentine lui avait fait remarquer, à juste raison d'ailleurs justifia Emma, que la robe qu'elle avait vue en vitrine dans une boutique du centre commercial de Saint-Lazare l'aurait vieillie et qu'à la lumière de la raison, pour reprendre les termes employés par Valentine l'occasion pour laquelle elle allait porter ce vêtement ne valait pas la peine d'acheter quelque chose de neuf.

- En parlant de Valentine Maman, elle fait systématiquement fi de nos remarques. Elle est belle intelligente, gentille, pleine d'humour, mais toujours seule. Maman aide-nous à la convaincre de soigner son apparence. Elle aura 33 ans très bientôt !

Emma soupira. Elle aussi aimerait que sa fille se montre plus féminine et encore plus la voir au bras d'un charmant jeune homme. Par contre elle reste ferme sur un point : un homme devra l'aimer pour ce qu'elle est et non pour son physique, aussi agréable soit-il. Valentine arriva à cet instant précis et sachant qu'une fois encore elle allait passer un mauvais quart d'heure, elle esquiva les regards. Les personnes ici présentes connaissaient sa technique « faites comme si je n'étais pas là ». Delphine décida d'intervenir tout en sachant que sa démarche serait inutile.

- Ce n'est pas aujourd'hui que tu attraperas un mari.

- Étant donné mes chères sœurs que vos maris respectifs seront les seuls hommes dont le QI dépassera le niveau de 10, il n'y a aucun risque qu'un conjoint potentiel pointe le bout de son nez au cours de l'évènement auquel nous nous rendons. J'ai décidé de laisser mon potentiel de séduction à la maison. Ainsi il ne risquera pas de s'user inutilement.

Puis, afin d'éviter tout échange stérile, la seule célibataire ici présente regarda sa montre et poussa une exclamation. Elle gronda à son tour ses sœurs pour leur manque d'attention. L'heure tourne. L'épopée allait forcément arriver en retard à la cérémonie de mariage de leur détestable cousine Émilie. Les filles, éduquées pour rester respectueuses en toute circonstance, dont celle d'arriver à l'heure sans être échevelées, crièrent chacune le nom de leur époux tandis que Valentine saisit au vol son sac à main resté suspendu dans l'armoire de l'entrée.

Stéphane et Jean Raoul alertés par les cris affolés de leur moitié pénétrèrent dans la demeure familiale en se demandant ce qui pouvait bien être arrivé pour hurler de cette façon. Soulagé qu'aucun évènement grave n'ait eu lieu, Stéphane, le mari de Delphine, un brin espiègle plaisanta :

- Effectivement nous serons en retard, je pense que le mieux serait d'annuler.

- Je ne veux pas y aller aussi ajouta à son tour Antoine.

- Il y aura de la brioche précisa alors sa mère sachant que ce détail était loin d'être insignifiant aux yeux du petit garçon. Elle plissa les yeux en regardant son mari et lui fit remarquer que la plaisanterie avait assez duré et qu'effectivement assister à ce mariage était un devoir et non un plaisir.

C'est donc tout joyeux et avec l'entrain des grands jours qu'Antoine s'élançait vers la voiture de ses parents.

Emma demanda à Valentine de vérifier que toutes les fenêtres des pièces du premier étage étaient fermées et elle s'assura de son côté qu'il en était de même pour le rez-de-chaussée. Pendant ce temps, ses autres filles installaient les enfants dans les voitures. Il fut également convenu qu'ils partiraient à deux véhicules au lieu de trois. Antoine voulant absolument être avec sa tante Valentine, celle-ci partagerait leur trajet.

Si, au cours des premières minutes, Antoine écoutait sagement sa mère discuter avec celle-ci, il sentit un irrésistible besoin de participer aux échanges verbaux. Ne comprenant rien à leur conversation et souhaitant à tout prix intervenir, il demanda à sa tante de lui raconter une histoire. Au beau sourire que lui donna son petit neveu, Valentine ne put qu'accepter et abandonna sa conversation précédente.

- Il était une fois une gentille demoiselle qui avait besoin de documents pour travailler. La gentille demoiselle avait envoyé un mail à une vilaine dame pour qu'elle lui transfère ces documents, mais la vilaine dame ne les lui envoyait pas. La gentille demoiselle appela la vilaine dame par téléphone, mais la vilaine dame lui répondit qu'elle était débordée et qu'elle...

- Ça veut dire quoi débordée ?

- Très très occupée, qu'elle a plein de choses à faire.

- Et que par conséquent, la gentille demoiselle devra attendre.

- La gentille demoiselle étant très intelligente.

- Aussi intelligente que toi tante Valentine ?

- Tu as tout compris mon cœur.

- Je disais donc, la gentille demoiselle, très intelligente savait que la vilaine dame lui mentait et elle alla directement la voir dans son bureau et là, elle la surprit en train de faire des mots croisés. C'est un jeu pour les grands précisa Valentine voulant ainsi éviter à Antoine de poser une question complémentaire.

- C'est pas bien de mentir ! s'exclama Antoine.

- Léa ? devina Delphine oubliant totalement qu'Antoine écoutait attentivement l'histoire qui était sensée lui être destinée. Les filles poursuivirent donc leur conversation occultant complètement la présence du petit garçon.

- Je lui ai donc dit que ses mots croisés devront attendre, et que sans retour de sa part dans les 10 minutes suivantes, je serai dans l'obligation de prévenir le responsable du contrôle interne.

- C'est une grande malade ! s'indigna Delphine.

- Elle a été chez le docteur ? interrogea Antoine.

- C'est d'un psy qu'il lui faudrait précisa-t-elle, sans penser aux multiples questions que serait amené à se poser un petit garçon de 5 ans.

- C'est quoi un psy ?

- C'est le docteur de la tête ! expliqua alors Valentine.

## Chapitre 2

Dans la petite bourgade, les invités commençaient à affluer. Pendant qu'Antoine tentait de coller son front sur la vitre, pensant ainsi mieux voir, les adultes balayaient du regard la grande place qui n'avait de grande que le nom, pour dénicher une place de libre ou l'une susceptible de l'être dans les secondes suivantes. Puisque la chance ne semblait pas tourner en leur faveur, Stéphane abandonna l'idée de décrocher le Graal et gara finalement son véhicule à quelques mètres de l'église devant une maison. Heureusement que les parcmètres n'existent pas dans les coins isolés de la province et que les habitants du bourg avaient suffisamment de bonté pour ne pas faire trop d'histoire quand une personne investissait une partie de leur trottoir le temps d'une cérémonie à laquelle ils n'étaient pas forcément invités.

Valentine aida Antoine à s'extirper de son siège auto qu'il quitterait très bientôt selon lui, car il grandissait chaque jour. Valentine acquiesça volontiers à cette affirmation, qui d'ailleurs, n'appelait aucune contradiction possible. Antoine était fier de manger de la soupe et des légumes même les verts, car on lui avait certifié qu'ainsi, il serait grand et fort comme son papa et fait plus important encore, il allait mesurer plus que ses grandes sœurs.

Les jumelles qui avaient fait le voyage avec Clothilde et Jean Raoul avaient décidé de tenir chacune une main de leur grand-mère afin de ne pas se perdre dans cette foule immense qui les avait tous laissés pantois. Jean Raoul avait l'impression de se retrouver bloqué dans une manifestation regroupant l'ensemble des parties syndicalistes de France, voire de toute l'Europe. Cela n'avait aucun sens. À croire qu'Émilie et son idiot de mari en sursis avaient convié cinq cents convives à leur mariage. Union qui selon Emma et ses descendants directs ne durerait pas plus longtemps qu'un CDD, autrement dit 18 mois.

La mère de la mariée aveuglée par ce que l'on dit être l'amour maternel ne s'est jamais rendu compte que sa fille chérie était dotée d'un ego surdimensionné comparé à ses compétences réelles. Émilie n'avait même pas l'intelligence du cœur. Le futur gendre, répondant au nom de Yoan, suscitait de sérieuses interrogations... La situation avait effectivement de quoi interpeller. Il patientait, seul, adossé au mur de la marie, portable à la main et cigarette au coin des lèvres. Personne n'était à ses côtés, personne ne semblait vouloir l'accompagner dans sa perte d'indépendance, ni parents, ni amis et pourtant tellement d'invités. D'où venait donc cette marée humaine ? Cette situation pourtant bien réelle semblait surréaliste. Cette attitude ne correspondait en rien pas à celle d'un futur marié. Avait-il l'intention de dire non à la question : acceptez-vous de prendre Émilie pour épouse ?

Emma, dont l'enfance avait été bercée dans cette tranquille bourgade de province ne croisa à son grand étonnement aucune de ses connaissances. Elle s'interrogea sur les convives ici présents. Qui étaient-ils ? D'où venaient-ils ? Certains d'entre eux montraient des signes d'impatience. Emma consulta sa montre-bracelet sans lâcher la main d'Iris terrifiée à l'idée de se perdre. La cérémonie aurait effectivement dû commencer depuis quelques minutes. Dans le bruit des conversations, Emma reconnut une voix, celle de Valentine. Selon toute apparence cette dernière tentait de se frayer un chemin pour rejoindre sa mère. Fidèle à son caractère, Valentine ne put s'empêcher de prédire la suite des évènements :

- Émilie se la joue encore « je suis la star ». D'ici une heure... plutôt deux, une limousine rouge va faire son entrée sous un feu de klaxons, chose totalement interdite soit dite en passant. Le chauffeur embauché pour l'occasion va sortir de son véhicule et lui ouvrir la porte. Sa névrosée de mère, ta sœur, va se jeter à ses pieds et l'aider à s'extirper. Bien entendu, Émilie qui mesure, rappelle-moi, 1m75 portera des talons de 20 centimètres, au moins, et sera ainsi plus grande que son mari. Elle a toujours considéré les autres comme inférieurs, je doute que le fait de se marier modifie le niveau de son ego, en tout cas pas à la baisse. Je me demande si elle va abandonner son nom de famille. À mon avis elle risque plutôt d'imposer le sien à son mari. Penses-tu que nous allons avoir droit à un salut princier ? Regarde, Maman, ta sœur est visible à 14 H enchaîna-t-elle sans laisser le temps, à sa mère, de répondre à sa précédente question.

Emma regarda dans la direction indiquée tout en redoutant le moment où elle serait forcée, comme l'exige la convenance, de complimenter sa sœur. Les liens qu'elle entretenait avec elle s'étaient tendus au fil des ans. Anthélie avait toujours été superficielle, ce qui avait beaucoup contrarié leur mère. En prenant pour époux un jeune homme de belle prestance, mais non moins prétentieux, Anthélie avait du même coup épousé ses défauts. Emma s'était juré que cela n'arriverait jamais à ses propres enfants et à présent que leur adolescence était bel et bien achevée, elle pouvait être sereine. Ses filles avaient tissé des liens solides et Emma veillerait à ce que ceux-ci perdurent. Jamais jusqu'alors elle n'avait eu à intervenir pour régler des différends et à sa connaissance il n'y en avait jamais eu. Chacune d'elles avait trouvé un mari idéal, chacune sauf Valentine. Elle sourit à sa fille qui se tenait à ses côtés. Contrairement à Clothilde et Delphine elle approuvait le choix vestimentaire de Valentine. Bien entendu, il va de soi qu'elle pourrait être plus coquette, mais la tenue stricte qu'elle avait sélectionnée répondait parfaitement à celle d'une femme exerçant dans le domaine de la finance. Valentine se montrait souriante, mais seulement lorsqu'elle se trouvait en bonne compagnie, son petit côté espiègle et sa bonne humeur communicative faisaient d'elle une personne attachante. Par contre, si un quidam osait porter préjudice à l'un des siens elle sortait immédiatement ses griffes.

Valentine observait d'un œil critique les convives évoluant autour d'elle. Selon elle, le regard est le miroir de l'âme et observer attentivement les gens, d'autant plus qu'en cela est à leur dépend, permet d'avoir une idée fiable de leur personnalité.

Bien qu'issue d'une famille aisée, rien, ni la démarche ni le comportement de Valentine dénotaient une once d'orgueil. Son naturel aurait presque pu choquer. L'éducation qu'Emma avait inculquée à ses filles avait fait d'elles des personnes respectueuses et respectables. Valentine avait néanmoins un tempérament rebelle sans jamais dépasser de limites. Il y a de ça une bonne dizaine d'années, Valentine avait assisté à un brunch, chez des amis de la famille, en tenue de sport, sous prétexte qu'il avait lieu un dimanche. Emma s'en souvenait comme si c'était hier, Delphine et Clothilde avaient hurlé, en tant que mère, elle avait dû intervenir pour régler le conflit naissant. Le rendez-vous ayant lieu chez une de ses amies de longue date et le survêtement choisi par sa fille la seyant à merveille, Emma avait validé le choix vestimentaire de sa fille. Valentine s'était montrée charmante et avait contrairement à ses sœurs participé très activement aux tâches annexes du brunch, c'est-à-dire entre autre débarrasser les tables une fois le brunch terminé. Oui, Valentine était ainsi, serviable, mais elle attendait en retour qu'on l'accepte telle qu'elle était habillée. Valentine avait son caractère, ses idées et sans éléments implacables, il était impossible de la convaincre de quoi que ce soit.

Perdue dans ses penses, Emma fut réveillée par un klaxon annonçant l'arrivée de la reine du jour. La voiture dans laquelle celle-ci fit son apparition était couverte de fleurs. De loin, on aurait pu les croire fraîchement cueillies ce qui expliquerait ce retard. Emma s'interrogea sur le budget alloué à cet évènement, forcément une fortune. C'était bien le style de sa sœur, incapable de faire dans la sobriété. Iris et Capucine étaient tout excitées, pour la première fois de leur vie elles allaient voir une robe de mariée « pour de vrai ». Quant à Antoine, la déception fut cruelle. La voiture n'était pas bleue.

Les enfants d'Emma s'étaient tous regroupés autour d'elle afin d'échanger leurs impressions à vif. Les filles d'Emma étaient ravies, la robe de la mariée était d'un goût très douteux et par conséquent se révélait en parfaite harmonie avec la personnalité de leur cousine. Capucine et Iris étaient également tombées d'accord sur ce point même si elles n'avaient pas explicitement compris le sens exact de ce terme. Antoine plissa les yeux façon qui voulait dire : pourquoi. Habitué à toujours poser les questions qui lui permettaient de comprendre tout ce qui se passait autour de lui il demanda à haute voix pourquoi la mariée portait un bavoir. Voyant que personne ne comprenait sa question il la précisa.

- Regardez autour de son cou il y a un nœud.

Cette remarque amusa tout le monde et, même si personne n'eut l'envie de le détromper, personne ne put lui fournir de réponse appropriée.

La petite troupe, qui s'était déplacée d'un bout à l'autre de la place afin de se regrouper dans un espace restreint, entreprit de rejoindre d'un pas commun l'hôtel de ville. Les invités conviés à la cérémonie soulevèrent de nombreuses questions. Étaient-ils de la famille du marié ? Des amis du couple ? La majorité semblait appartenir à la même tranche d'âge qu'Émilie et Yoan et adoptait le même style « très guindé ». Des amis avec un petit a, que pouvaient-ils être d'autres... Aucun cousin éloigné n'avait été invité du côté de la mariée. Bien que ni Emma, ni ses enfants n'avaient conservé de relation avec la famille éloignée, certains traits, expressions auraient tilté dans leur esprit et ils auraient rapidement reconnu les leurs. Les conclusions s'imposaient donc d'elles-mêmes.

La foule étant nombreuse et ne souhaitant pas particulièrement conserver de souvenirs de cette pièce de théâtre, les descendants d'Emma décidèrent d'un commun accord de boycotter le mariage civil et de se rendre directement à l'église pour ne prendre part qu'au deuxième acte. C'est ainsi qu'ils empruntèrent un raccourci exclusivement connu des résidents. Comme le fit remarquer Valentine, le discours du ou de la mariée n'étant pas dans les us et coutumes de la région, il n'y aurait aucun élément croustillant à se mettre sous la dent au cours du passage devant Mr le Maire, histoire de s'amuser un peu en cette folle journée.

- C'est quand qu'on mange la brioche ? questionna Antoine.

- Bientôt. Il y a des gens qui préparent la petite fête en ce moment même dans le bâtiment beige que tu vois tout là-bas lui indiqua sa grand-mère d'un signe du doigt.

- Là où il y a un monsieur qui sort un paquet d'une camionnette blanche ?

- Oui mon cœur. D'ailleurs je crois bien qu'il s'agit du boulanger. Il doit apporter les brioches. Emma regarda son petit-fils dont les yeux pétillaient autant que des bulles de champagne à l'évocation de la viennoiserie tant désirée. Quand ils auront fini de tout installer, on pourra aller en chercher ajouta-t-elle

Valentine dont l'envie d'être ailleurs se lisait sur son visage confia à sa mère son intention d'éviter tous les membres désagréables de la famille, autrement dit tout le monde, et, si le hasard faisait qu'elle heurtait accidentellement l'un d'entre eux, elle avait prévu de leur offrir le sourire le plus surfait dont elle était capable. Ses sœurs et beaux-frères savaient qu'à chaque rencontre, les cousins et cousines, en l'occurrence les 4 frères et sœurs de la mariée du jour insistaient lourdement sur le statut de célibataire de la jeune femme en laissant entendre que si elle était seule, c'est que personne ne voulait d'elle et que la raison en était fort simple : Valentine n'en valait pas la peine, remarques venimeuses faites par des personnes sans intérêt. Néanmoins même si Valentine n'accordait aucune valeur à cela, elle se passerait volontiers de les entendre. Se marier c'est bien, mais avec n'importe qui juste pour être casé n'est pas une preuve de bon sens, et de bon sens, Valentine n'en manquait pas. Par respect pour sa mère, elle ne s'était jamais emportée sur le sujet. Un scandale au sein d'une famille n'est pas forcément une bonne façon de gérer les rapports humains, mieux valait simplement les éviter et rester digne, mais trop c'est trop et aujourd'hui Valentine était d'humeur à tenir tête à quiconque oserait la mépriser.

## Chapitre 3

Benjamin, le fils de Clotilde et Jean-Raoul, avait trouvé une échappatoire pour ne pas assister au mariage, mais ne put par contre résister au plaisir de taquiner ses parents avant que ne débute la cérémonie. Son père reçut donc un texto sans équivoque : « Je pense à vous et je ne vous envie pas. Bon courage à maman, à toi et à tous ceux qui n'ont pu trouver d'excuse valable pour ne pas participer à ce triste évènement »

Emma soupira à la lecture du texte. Elle trouvait que son petit fils avait acquis un style dans sa façon d'écrire et mentionna ce fait à la mère de celui-ci.

- Il a décidé d'embrasser une carrière journalistique. Il hésite encore pour la spécialité : droit ou littérature précisa-t-elle.

Clothilde avait promis d'emmener Benjamin au prochain Salon du livre, rencontrer des écrivains lui tenait vraiment à cœur. Étant donné qu'aucun membre de l'entourage proche du couple que Clothilde formait avec Jean-Raoul n'avait choisi cette voie professionnelle, Emma était persuadée que le choix de Benjamin avait de bonnes chances de se confirmer par la suite. Elle le validait à 100%, mais étant bien déterminée à ne jamais intervenir en ce sens, elle préféra garder pour elle ses convictions et laisser librement ses petits-enfants exploiter leurs compétences comme ils le désiraient. C'est ainsi qu'elle avait agi avec ses propres enfants. Chacune de ses filles avait pu ainsi s'épanouir dans leur domaine respectif, les langues pour Clothilde, le marketing pour Delphine et la finance pour Valentine.

Quelques applaudissements se firent entendre, ce qui signifiait que les jeunes gens étaient à présent civilement mariés et allaient d'ici quelques minutes faire leur apparition sur le parvis. La foule s'était à présent rassemblée devant l'église et Antoine demanda pourquoi les gens tapaient dans leurs mains. On lui répondit qu'il s'agissait d'une tradition et il fallut bien entendu lui donner la définition de ce terme.

La mariée au bavoir s'installa sur un siège prévu à cet effet situé devant l'assemblée. Capucine et Iris, assises à côté de leur tante Clothilde, pensaient que la mariée avait déchiré sa robe, car une partie de son dos était nu. Clothilde leur expliqua que la robe était taillée ainsi, les jumelles étonnées d'apprendre qu'on pouvait acheter de robes pas finies tombèrent d'accord pour dire que par conséquent ce n'était pas une vraie robe de mariée et qu'elles étaient mieux habillées que la mariée.

Antoine resta sagement assis, mais quelques minutes seulement, car pour un petit garçon de 5 ans, ce n'est pas normal de rester assis à écouter quelqu'un qui raconte n'importe quoi et qui chante des chansons qu'il n'a jamais entendues à l'école et auxquelles par conséquent il ne peut pas participer. Il profita d'un silence de l'assemblée pour demander à voix haute à sa mère quand est-ce qu'il allait pouvoir manger la brioche promise. Elle lui répondit, tout à l'heure, en faisant les gros yeux. Il ne comprit pas cette réaction, mais il savait qu'elle signifiait : tais-toi. Il balança alors ses jambes d'avant en arrière tout en soupirant de façon répétitive. Delphine sentit que son fils n'allait pas pouvoir rester tranquille

jusqu'à la fin de la cérémonie. En posant les yeux sur lui, elle constata qu'il s'était retourné et regardait un point précis situé un peu
plus loin dans l'autre rangée de la bâtisse. Elle se tourna à son tour,
mais ne trouva pas une ombre de réponse. Alors qu'elle allait l'interroger à ce sujet, elle le vit passer en trombe devant Valentine et
courir vers les livres de messe pour revenir tout sourire brandissant
ses trouvailles. Il donna deux ouvrages à ses sœurs et s'installa
comme si de rien n'était à sa place. Valentine le regarda avec tendresse et Delphine n'eut pas le courage de le gronder. Il était si
mignon ! Les images du livre absorbèrent son attention, puis, une
fois arrivé à la dernière page, il questionna sa mère :

- Tu t'es mariée toi ?

- Oui.

- Avec qui ?

- Ton papa.

- Tu t'es mariée toi ? demanda-t-il en se tournant vers
Valentine.

- Non.

- Quand est-ce que tu te maries ?

Valentine croisa le regard de sa sœur, toute souriante, et ne
trouva pas de réponse appropriée.

Stéphane qui faute d'espace suffisant avait dû prendre place à
quelques bancs de celui occupé par sa femme et son fils commençait lui aussi à s'ennuyer sévère. Et ce d'autant plus qu'il attendait
depuis hier un message d'un de ses plus gros clients. Si certaines

personnes refusaient tout net de travailler pendant le WE, Stéphane n'y voyait aucun inconvénient tant que cela ne nuisait pas à sa vie de famille. Ayant été témoin de la petite incartade d'Antoine, il se dit qu'une occasion parfaite s'offrait à lui pour quitter la cérémonie sans pour autant paraître grossier. Étant installé en bout de rangée, il s'excusa pour passer devant ses voisins et pris son fils dans les bras avant de disparaître. Antoine était tout content, car son père lui avait dit qu'ils allaient compter les voitures. Les jumelles qui bien évidemment n'avaient rien loupé de la scène décidèrent sans attendre la moindre autorisation de se suivre le mouvement. Souhaitant profiter également de la situation, Valentine s'éclipsa sous prétexte qu'ils auraient besoin d'aide :

- Il y a tellement de voitures ! Ça ira plus vite.

Emma, qui elle aussi avait été contrainte de s'installer un peu plus loin, se demandait ce qui se passait et fit un signe à Delphine pour savoir s'il y avait motif à s'inquiéter. Delphine la rassura d'un mouvement de tête. Tout était sous contrôle.

Une fois dehors, Valentine occupa les jumelles en les prenant en photos tandis que Stéphane aida son petit garçon à compter les voitures, en commençant par les bleues à la demande express d'Antoine.

Les cloches sonnèrent pour annoncer la fin de la messe. Le moment tant attendu par Antoine était enfin arrivé. Ne consommant pas de boisson alcoolisée, Valentine refusa le verre de champagne proposé par l'un des serveurs qui lui désigna la personne chargée d'offrir les jus de fruits. Les jumelles qui ne lâchaient pas d'une semelle leur tante affichaient un immense sourire. Poser pour des photos les avait assoiffées, il fallait se procurer des boissons dans la seconde. De jolies brioches dorées à souhait et surmontées de perles de sucre étaient disposées au centre des tables. La salle polyvalente de la commune servait pour toute sorte de réception. Ce n'était pas la première à laquelle Valentine participait, mais la toute première fois qu'elle vit le lieu aussi bien décoré. Des roses rouges ainsi que d'autres fleurs dont le nom lui échappait étaient disposées dans des vases çà et là. Les hôtes et hôtesses qui géraient la salle portaient des tenues seyantes à leur fonction. Aucune faute de goût, Émilie avait incontestablement fait appel à un organisateur de mariage, juste parfait pas de démesure. Malgré son volume tout à fait convenable, la salle des fêtes n'aurait pas pu accueillir l'ensemble des invités, heureusement, la météo favorable laissait espérer qu'aucune averse n'altère ce jour.

Gourmande, Valentine se dit, après avoir savouré l'une des viennoiseries que tout compte fait celles-ci valaient bien le déplacement. Iris et Capucine, dont les yeux ne quittaient pas leur tante angoissaient à l'idée de la perdre de vue, car bien qu'aucun recoin du village n'avait de secret pour elles, les 98% d'inconnus présents ce jour ne les terrifiaient. Valentine reconnut la voix d'Antoine qui l'appelait. Elle tourna son visage et le vit avancer vers elle. Le garçonnet perché sur les épaules de son père avait pour mission de repérer sa mère, mais c'est Valentine qu'il avait vue en premier. Il lui criait qu'il avait mangé trois brioches et qu'il n'avait plus faim !

Ne trouvant ni Delphine, ni Clotilde ni Emma ni Jean-Raoul dans la salle, la petite équipe déduisit que ceux-ci ne pouvaient être qu'à l'extérieur dans le coquet jardin attenant à la salle des fêtes. Et ce fut le cas. Emma s'entretenait avec sa sœur, il suffisait de les voir pour comprendre qu'Emma n'était à son aise. Anthélie vêtue d'une robe qui aurait pu être une création réservée à un défilé de mode parlait avec fougue tout en faisant de grands gestes. Valentine imaginait sans mal le contenu du discours. Une fois de plus cette mégère devait vanter sa si chère Émilie en occultant au passage ses 4 autres enfants.

- Elle lui aura bien glissé une remarque mesquine sur mon compte, glissa-t-elle à son beau-frère.

Antoine qui aperçut enfin sa mère lâcha la main de son père et s'élança vers elle pour tomber dans ses bras au même moment où celle-ci fut accostée par la mariée.

- Ma si chère cousine, quel plaisir de te voir… cela fait si longtemps ! Quel dommage de devoir attendre un évènement majeur pour se retrouver ne trouves-tu pas ? Tout le monde me complimente sur le choix de ma robe c'est une…

- Elle est moche ta robe ! l'interrompit Antoine.

Émilie stoppée net dans son élan regarda avec dédain le petit garçon qui osait critiquer sa tenue haute couture. Delphine fixa sa cousine et espérait que quelqu'un avait eu l'idée de la prendre en photo à cet instant précis. La mère d'Antoine sourit et ajouta qu'elle encourageait ses enfants à exprimer leur propre avis.

- C'est très important pour leur développement personnel ajouta-t-elle pour justifier le fait qu'elle n'est pas tenter de raisonner son fils comme la bien séance l'aurait exigé.

- Je t'abandonne, un horrible mal de tête commence à me faire terriblement souffrir.

- Faut que tu ailles voir un psy.

Émilie posa de nouveau les yeux sur Antoine, mais avant qu'elle n'ait eu le temps de réagir il précisa que c'était Valentine qui l'avait dit.

La mariée, à moitié hystérique, poussa un cri effroyable et courut rejoindre sa mère pour l'informer de l'affront subi. Anthélie, outrée par cette tragédie insulta ouvertement sa sœur. Ces échanges fort bruyants attirèrent l'attention de l'assemblée, stupéfaite de la scène qui se déroulait devant leurs yeux, de quoi alimenter les rumeurs pendant des mois.

Alertés, Jean-Raoul et Stéphane sortirent leur belle- mère des griffes de leur tante par alliance et la guidèrent jusqu'à la voiture de Jean-Raoul. La tristesse se lisait sur le visage d'Emma comme sur le reste de sa famille. La tournure des évènements totalement inattendue jeta un froid si terrible que personne n'eut le courage d'émettre le moindre son, pas même Antoine qui avait compris que quelque chose de grave venait d'arriver.

Une fois à destination, Valentine s'empara du sac à main de sa mère pour sortir les clefs de leur maison. Delphine demanda à ses filles de monter dans leur chambre et de surveiller leur petit frère. À leur regard inquiet, elle jugea préférable de les réconforter.

- Tout va s'arranger. Ne vous inquiétez pas. Je monterai vous voir très vite.

Les adultes s'installèrent dans le salon pour délibérer sur la conduite à tenir suite aux derniers évènements. Clothilde et Valentine préparèrent thé et café puis servirent le tout, dans le salon.

Contre toute attente, c'est Emma qui prit la parole la première :

- Je ne veux plus la voir.

- Nous, ça fait des années qu'on ne veut plus la voir. Maman, ta sœur est une garce, ses enfants des imbéciles, elle t'a toujours considérée comme une moins que rien et notre réussite à tous non seulement l'indispose, mais en plus la rend hargneuse. Elle a toujours été jalouse de toi. La voir te rend systématiquement malheureuse et j'imagine vu la tête que tu faisais quand tu lui parlais qu'elle a encore fait des remarques inappropriées à notre égard. J'ai raison ou j'ai raison ?

Emma n'eut pas besoin de répondre.

- Parfait, tout est réglé à présent poursuivit Valentine, c'est HA, histoire ancienne. Que chacun se serve avant que le thé et le café ne soient froids et profitons ensemble du reste de la journée. Clothilde et moi ferons une soupe de légumes pour le dîner. Delphine, monte voir tes enfants. Maman, monte te reposer un peu.

Mais Emma n'était pas d'humeur à s'isoler. Elle préféra se reposer dans le salon et écouter ses gendres discuter des dernières propositions gouvernementales en matière fiscale. Leur présence était réconfortante. Jamais elle ne leur dévoilerait les dernières paroles venimeuses d'Anthélie, ils ne devaient pas savoir, son rôle de mère étant de les protéger. Elle posa les yeux sur Valentine, si douce, mais si vulnérable parfois, si courageuse aussi. Si seulement elle pouvait à son tour convoler en juste noce avec un homme de bonne famille.

## Chapitre 4

Marie-Edith prenait un plaisir incommensurable à préparer des gâteaux pour sa progéniture. Eléanore, sous sa garde depuis bientôt une semaine l'aidait dans les tâches culinaires. Du haut de ses neuf ans, la miss possédait déjà une bonne technique et se montrait très attentive aux conseils prodigués par sa grand-mère. Demain Marie-Rose, sa mère et Arthur son beau-père viendraient la reprendre pour passer eux aussi quelques jours de vacances en sa compagnie.

- On fera quoi comme dessert demain Granny ? Interrogea la fillette.

- Je ne sais pas encore, mais je compte sur toi pour me donner des idées.

- Papa aime le chocolat et moi aussi, mais maman préfère les fraises.

- Frédéric sera également là.

- Super ! Alors, on pourra préparer une charlotte au chocolat et des coupelles de fraises chantilly.

- Excellente idée !

Granny avec l'aide sa petite apprentie fit l'inventaire des ingrédients indispensables à la réalisation du repas du lendemain. Et, puisqu'elles avaient trouvé dans les placards la totalité des denrées nécessaires, elles pouvaient quitter la cuisine pour tenir compagnie à Charles dans le salon. Comme chaque après-midi, ce dernier lisait son journal.

Ancien commissaire de police, Charles se passionnait pour les faits divers. Il avait toujours une idée de ce qui avait pu arriver et parfois même du pourquoi. Il leva les yeux sur Eléanore qui venait d'entrer dans la pièce et répondit à son sourire. Elle prit place dans le fauteuil situé face à lui et ouvrit son livre du moment « Alice et le chandelier » écrit par Caroline Quine écrivain pour la jeunesse, publié dans la collection bibliothèque verte. Marie Édith avait exhumé du grenier les livres lus deux décennies plus tôt par ses deux filles, Marie-Camille et Mari- Rose. Marie-Edith était ravie que sa petite fille dévore ses ouvrages avec le même appétit que sa mère autrefois. Quant à Eléanore, elle était fière de signaler à son grand-père que tout comme lui, Alice menait des enquêtes et que tout comme lui elle gagnait toujours à la fin.

L'après-midi se déroula paisiblement dans leur confortable salon exposé plein sud. Donnant sur le jardin, le salon était leur pièce favorite, Charles appréciait le calme, Marie-Edith sa roseraie dont elle prenait le plus grand soin.

Une fois le dîner achevé, et la vaisselle rangée dans les placards, chacun partit se coucher avec la ferme intention de se lever tôt le lendemain matin, car ce serait une journée bien chargée qu'il devrait affronter.

Comme prévu, Eléanore aida sa grand-mère à préparer le repas ainsi qu'à installer les couverts sur la table de la salle à manger. Malgré le départ de leurs enfants, une fois atteint l'âge adulte, Marie-Edith et Charles n'avaient pas une seule fois envisagé de déménager et les circonstances leur avaient donné raison. À présent les chambres étaient occasionnellement occupées par leurs petits enfants pendant les vacances scolaires. Seule la chambre de leur fils restait encore vide et ce depuis trop longtemps selon eux.

Marie-Rose sonna à la porte un peu avant midi, le sac qu'elle portait à la main contenait son entrée fétiche : des carottes à l'orange ainsi qu'un bocal de betteraves rouges qu'elle avait préparées le matin même. Son compagnon Artur, rencontré depuis sa séparation d'avec le père d'Eléanore fit son entrée quelques minutes plus tard. Elle l'avait déposé à quelques mètres du pavillon pour qu'il puisse acheter deux baguettes de pain frais à la boulangerie. Frédéric, quant à lui, ne pointa le bout de son nez qu'à 13 H ! Il s'excusa pour son retard et déboucha la bouteille de vin apportée pour l'occasion. Comme tous les dimanches, il avait pris sa douche après son jogging puis comptait partir dans la foulée, mais hélas comme par hasard, un problème de fuite de robinet contraria ses plans. Non il n'avait pas appelé pour signaler son retard, il savait qu'il était encore dans les temps et refusait tout net d'utiliser son portable en conduisant. Oui, le kit oreillette avait été prévu dans cette optique ; mais non, conduire demande une vigilance de tous les instants et utiliser son téléphone en conduisant était à son sens une aberration.

Marie-Rose, qui vouait à son grand frère une affection particulière, cessa de le taquiner sur le sujet sans cesser de le regarder avec tendresse. Il était intelligent, séduisant et plein d'humour. Elle se demandait combien de femmes étaient déjà tombées sous son charme et combien d'entre elles avaient tenté leur chance. Il allait fêter ses 40 ans d'ici quelques mois, personne à ses côtés, une fois encore. Fut- il un temps où elle l'avait soupçonné d'entretenir une liaison avec une femme mariée, mais ses soupçons s'étaient avérés être sans fondement. Ce célibat était-il un choix de vie ou n'avait-il pas encore trouvé la femme digne de devenir sienne. Attablé, elle l'observait sourire et discuter avec son compagnon et son père. Elle avait maintes fois tenté de se mêler de sa vie amoureuse, mais Arthur l'en avait fortement dissuadée. Il lui avait dit que même si son intention était bonne, l'idée elle ne l'était pas. Elle se souvint de l'une de ses phrases lourdes de sens. :

- Quand il la rencontrera, il saura. Nous les hommes c'est ainsi que nous fonctionnons, fais-moi confiance, fais-lui confiance.

Sa sœur Marie-Camille partageait l'avis d'Arthur. Édouard, le mari de celle-ci également. Quant à Marie-Edith et Charles, plus les années passaient, moins leur souhait de voir leur fils épouser une jeune fille de bonne famille n'avait de chance de se réaliser. Ils devraient se faire une raison : Frédéric était un homme épanoui et heureux, son choix de ne pas fonder sa propre famille n'appartenait qu'à lui seul.

Marie-Camille absorbée dans ces pensées n'écoutait qu'en pointillés la conversation menée par frère. En mettant bout à bout les brides de mots perçus, elle déduisit que la société de consulting dans laquelle exerçait Frédéric venait de décrocher un nouveau contrat au sein d'une banque privée : la mise en place d'un logiciel. Le terme LCB-FT repris à plusieurs reprises dans la conversation ne lui fournit aucune information complémentaire contrairement à Charles qui semblait maîtriser le sujet. Vu son enthousiasme on aurait pu croire que ce dernier aurait volontiers repris du service.

Le repas fut excellent. Après avoir pris un dernier café, Eléanore, à la demande de sa mère descendit son sac rose dans lequel la petite fille avait rassemblé ses affaires personnelles. Elle se tenait à présent dans l'entrée prête à partir. Elle remercia sa grand-mère de l'avoir accueillie pendant quelques jours et embrassa très fort son grand-père ainsi que son oncle Frédéric avant de lui dire :

- J'espère que tu trouveras une petite copine dans ton nouveau travail.

Marie-Camille, ravie de l'intervention de sa fille, embrassa à son tour son frère en lui disant, qu'elle aussi, puis sortit si vite de la maison que Frédéric n'eut pas le temps de réagir.

# Chapitre 5

Une semaine était passée depuis l'union qui avait définitivement cassé une branche de l'arbre généalogique.

Chacun boucla ses valises avec l'envie de revenir dès que possible au sein de cette demeure où il faisait bon vivre. Seuls Clothilde et Jean-Raoul ne rejoindraient pas leur résidence principale le jour même, un détour était prévu chez les parents de Jean-Raoul où leur fils avait trouvé refuge.

Comme à chaque fois qu'elle s'apprêtait à rentrer de congés, Valentine passa un coup de fil à l'une de ses collègues, Marietta, pour savoir si un évènement majeur s'était produit en son absence. En tant qu'assistante de direction Marietta était avertie de tout changement organisationnel ou autre impactant la société.

- Oui ! Tu ne devineras jamais ! s'extasia cette dernière.

- C'est une bonne ou une mauvaise nouvelle ?

- Une excellente ! Il y a un type super canon qui vient de débarquer. S'il me demande en mariage, j'accepte immédiatement.

Elles éclatèrent de rire. Marietta était en fait un peu plus qu'une collègue. C'était l'amie sur qui elle pouvait compter en toute circonstance. Et si l'une comme l'autre était célibataire, ce n'est pas

39

ce lien qui les avait rapprochées, mais un esclandre provoqué par Léa. Cette dernière avait intercepté puis s'était accaparé un bouquet de fleurs destiné à Marietta. Le sujet fit scandale, mais ne se conclut pas par un licenciement pour faute lourde, la RH estimant que l'incident était certes très fâcheux, mais restait néanmoins mineur, car celui-ci n'entravait pas les bénéfices de la société. De plus, comme le lui avait clairement fait comprendre le président du directoire, les prud'hommes auraient très certainement bouclé l'affaire en pénalisant la banque. Pour clore le sujet, Marietta avait bénéficié d'un budget illimité pour choisir le bouquet de son choix. Vu les circonstances elle ne lésina pas sur la dépense et choisit un bonzaï dont le prix fit hurler le contrôleur de gestion. Ce choix est le vôtre ne l'oubliez pas, avait-elle rétorqué à l'époque en présentant la facture.

- Il est beau, intelligent, poursuivit Marietta. À mon grand désespoir un peu jeune pour moi, mais pour toi ma chère il sera parfait ! Tu notes que j'utilise le futur et non le conditionnel. Il va beaucoup de plaire, j'en suis sûre. Habille-toi hyper sexy, il va tomber sous ton charme en 30 secondes chrono ou je ne m'y connais pas en matière d'homme. Et tu es témoin que personne ne les connaît mieux que moi ajouta-t-elle pleine d'assurance.

- Merci beaucoup de t'occuper si bien de ma vie amoureuse

- Tu n'en as pas c'est ça le problème.

- Si j'ai l'inspecteur Barnaby tous les dimanches soir !!!

- Tss Tsss. Arrête tes sottises. A demain ma chère. Je fais les présentations dès que tu auras franchi les portes de l'ascenseur. Compte sur moi.

- A demain alors.

Valentine sourit et raccrocha.

Une fois rentrée chez elle, Valentine repensa à sa conversation avec Marietta et sélectionna sa tenue vestimentaire de telle manière que son amie ne puisse la réprimander comme le faisaient si souvent ses sœurs. Elle en avait soupé, d'ailleurs, de leurs remarques sur le sujet, la prochaine fois décida-t-elle, elle hausserait le ton pour mettre définitivement fin à ces échanges désagréables. Marietta énonçait les choses d'une manière différente, avec pédagogie. Ses sœurs lui faisaient la morale et Valentine détestait cela, surtout Clothilde, en fait, Delphine plus jeune et moins directe avait un discours plus nuancé. Un « Évite les cols roulés » de Clothilde se transformait par Marietta par « Si tu veux qu'un homme t'écoute porte un décolleté, plus il sera profond plus le monsieur installé en face de toi t'accordera son attention. S'il te fait répéter plusieurs fois la même chose c'est bon signe, s'il dit oui à toutes tes paroles même celles qui sont incohérentes et que le monsieur ne t'a pas regardée une seule fois dans les yeux, c'est gagné. Il n'aura qu'une envie : te revoir. Tu sais, les hommes sont primaires et il faut savoir utiliser leur point faible pour les conquérir. Tu n'es pas obligée de les épouser, sauf s'il s'agit d'un bon patrimoine monétaire. »

Mais bien que son armoire regorgeait de pantalons, chemisiers et autres vêtements la seyant à merveille, Valentine n'avait rien de sexy et même si ce fut le cas, elle ne s'imaginait pas pouvoir porter de telles tenues sur son lieu de travail. Valentine ouvrit une à une les portes de ses deux armoires pleines de vêtements, elle laissa glisser son doigt sur les différentes étoffes, hésitant sur un pantalon, puis un autre. Elle n'avait aucune idée de ce qu'elle devait mettre.

Et si c'était vrai se dit-elle. Marietta avait un don pour juger les autres. Son amie était également une parfaite entremetteuse, une Emma woodhouse. Après délibération, Valentine se décida pour un pantalon fluide beige et un top mauve clair, le compromis était tout ce qu'il y a de plus honnête.

Le lendemain, avant même d'être sortie de l'ascenseur, Marietta entraîna Valentine avec elle, lui disant à voix basse afin d'éviter toute oreille indiscrète :

- Il vient à peine d'arriver ! À 30 secondes près vous partagiez le même ascenseur. J'ai hâte de te le présenter. Toutes les filles de la boîte sont sous son charme.

- Toutes ? Tu exagères.

- Non je t'assure !

- Comme s'appelle-t-il ?

- Ça t'intéresses à ce que je vois ! la taquina-t-elle. Eh bien tu attendras les présentations. Pose vite ton sac dans mon bureau ; non finalement se reprit elle, il n'y a plus une minute à perdre tu as déjà accumulé une semaine de retard ! C'est énorme.

Avant que Valentine ne puisse émettre le moindre son, Marietta la prit par le bras. S'amusant de l'attitude de son amie, elle n'opposa aucune résistance. L'immeuble abritant la banque privée datait du siècle dernier et avait été aménagé en conséquence. Si les murs porteurs avaient conservé le charme des constructions anciennes, un coup de peinture avait modernisé l'ensemble au grand regret de certains puristes. C'est donc devant une porte couleur vert d'eau que Marietta stoppa net. Il s'agissait de la couleur attribuée aux services informatiques. Marietta, dont l'assurance paraissait avoir atteint son paroxysme, sourit à son amie et l'obligea à la précéder. À trois pas de la porte se tenait un homme de corpulence solide, le dos tourné, en pleine discussion avec FX, responsable RSSI. Cette voix lui en rappelait une autre, mais laquelle ? FX aperçut les filles et fit un petit signe de tête puis, l'inconnu, par réflexe, se retourna à son tour.

- Valentine ? s'exclama-t-il

- Frédéric ! Quelle surprise ! On ne s'est pas vu depuis… au moins 10 ans.

- Pas loin. Comment vont ta mère et tes sœurs ?

- Très bien. Et toi la famille ?

- Très bien, je te remercie.

- Ça me fait plaisir de te revoir.

- Moi aussi. On pourrait déjeuner ensemble un midi, si tu as le temps bien entendu.

- Avec plaisir.

Une fois dans le couloir, Marietta encore sous l'effet de surprise questionna :

- Tu le connais depuis longtemps ?

- Depuis toujours, c'est le fils d'un ami de ma mère

- Il est célibataire ?

- Je pense que oui.

- Et tu ne l'as pas épousé ?

- Non.

- Il est gay ?

- Je ne pense pas.

- Il t'a proposé un déjeuner c'est bon signe précisa Marietta.

Curieuse, celle-ci allait poser une foule de questions plus au moins indiscrètes sur l'homme qui attirait les femmes comme le sucre les mouches. Hélas, le destin en décida autrement. Le président du directoire se dirigeait dangereusement vers son bureau, elle se précipita à sa rencontre avant que ce dernier n'ait eu le temps de lancer un avis de recherche.

Après avoir pris connaissance des mails reçus en son absence, Valentine dressa trois listes « to do » : les urgents qu'elle traitera de façon prioritaire, les « peut attendre » et les « en attente » correspondant aux dossiers ne pouvant être traités avant réception d'informations complémentaires. Une fois les relances faites en vue de clôturer cette dernière catégorie, Valentine consulta sa montre et proposa à Marietta un déjeuner entre filles. Bien qu'ayant une folle envie d'avoir un rapport complet sur le beau Frédéric, Marietta dut décliner l'offre de son amie. Et pour cause, Jean, banquier privé, de son état, venait de lui confier une mission, une fois encore, à la dernière minute, et pas de celles qu'on achève d'un claquement de doigts. Marietta devait ni plus ni moins organiser un rendez-vous avec l'un des plus importants clients de la banque. Le patrimoine de ce dernier dépassait le million d'euros. Il s'était installé en province et pour des raisons personnelles ne pouvait pas s'absenter loin de son domicile. Jean, en gérant non pas dévoué, mais fort habile, trouva une solution qui satisfit l'ensemble des parties : il proposa de faire le déplacement lui-même. Bien entendu, il comptait sur Marietta pour gérer ce qu'il nommait les détails administratifs.

- Conclusion, je dois organiser son voyage, trouver un hôtel avec beaucoup d'étoiles situé de préférence à proximité de la gare SNCF et réserver un taxi pour effectuer le trajet hôtel de monsieur vers la résidence personnelle du client, qui dans ce cas précis, le recevra chez lui.

- C'est pas le job de Léa ça ?

- Si ! Jean ne lui fait plus confiance depuis qu'elle a réservé une table dans un restaurant situé porte de Clignancourt avec Mr de Varurec. L'adresse même où l'on vend les produits estampillés « Varurec » contrefaits à la sortie du métro. Imagine !! Jean a constaté la gaffe de Léa en consultant son itinéraire. Il m'avait suppliée de tout arranger en urgence.

- Faute lourde ! Ils auraient dû la virer.

- Tout à fait d'accord, elle a eu un savon à l'époque, mais la direction a fait l'erreur de lui donner une deuxième chance.

- Et depuis elle t'a piqué ton bouquet de fleurs.

- Ne m'en parle pas j'y pense chaque fois que je la vois.

- Bref, je suis débordée. Tu me parleras du beau Frédéric demain ?

- Marché conclu. Bon sandwich !

## Chapitre 6

En prenant l'ascenseur pour sortir déjeuner, Valentine croisa Julie, une jeune femme sympathique avec qui elle avait planché sur plusieurs dossiers. Cette dernière, jeune maman de deux jumeaux et bien que mariée depuis à peine deux ans, avait elle aussi succombé au charme du nouvel arrivant. Sa prestance, son élégance n'avait d'après elle d'égal que celles de quelques grandes stars du cinéma. La jeune maman avoua le cœur presque brisé que son mari arborait un ventre de plus en plus proéminent depuis leur mariage, et ce en dépit des repas basses calories qu'elle lui préparait chaque soir. Julie soupçonnait son conjoint de se nourrir exclusivement de steak frites mayonnaise à chaque repas échappant à sa vigilance.

- Frédéric a un corps d'athlète affirma-t-elle lorsqu'elles atteignirent le rez-de-chaussée.

- Vous n'avez pas l'impression d'en faire trop à son sujet ? C'est indéniablement un bel homme, mais quand même de là à... tenta de la raisonner Valentine.

- Valentine, tu es complètement aveugle. Regarde les autres mecs de la boîte aucun ne lui arrive à la cheville !

- En fait, j'ai toujours eu une préférence pour les petits gros.

- Alors j'ai une bonne nouvelle pour toi, si Frédéric m'épouse, mon mari sera libre ! s'exclama-t-elle comme une boutade.

Au snack, Valentine se décida pour une salade niçoise et prit à titre exceptionnel une part de crumble aux pommes. Étant seule, elle préféra prendre son repas à emporter.

Entre chaque coup de fourchette, Valentine visualisa la scène qui s'était déroulée le matin même. Certes Frédéric était doté d'un physique avantageux et par conséquent, le succès qu'il rencontrait auprès de la gent féminine était normal, mais, de là à déclencher une telle passion, cela lui semblait quelque peu démesuré !

Dubitative elle s'interrogea : autant de succès et toujours célibataire ! Étrange … Un mail envoyé par Marietta coupa court à ses pensées. En tant qu'amie dévouée, celle-ci avait rédigé un rapport complet sur Frédéric afin que Valentine ait en mains un ensemble d'informations lui permettant de préparer une attaque en bon et due forme. Car, selon Marietta pour mettre un homme à ses pieds, il faut être apte à devancer ses attentes, mais pour cela il faut connaître les aspirations du sujet et faire comme si celles-ci correspondaient en tout point aux nôtres. « Tu joues au golf, fascinant ! Ce sport me passionne. J'aurais quelques questions à te poser d'ailleurs, tu pourras ainsi combler mes lacunes et faire de moi une experte dans ce domaine.» et la voilà partie à parler technique de swing qu'elle venait de découvrir le matin même en surfant sur le WEB. Les hommes sont faciles à prendre disait-elle, car ils pensent que ce sont eux qui nous prennent.

Le dossier que Valentine consulta avec une attention toute particulière aurait mérité de décerner à son l'auteure une licence de détective privé. Elle se demandait bien comment Marietta avait pu atteindre un tel niveau de détails. Valentine sourit à la petite note jointe par son amie à la liste de ses hobbys « excellente forme physique ;-) » Après un rapide calcul, elle constata qu'il était son aîné de

7 ans. Une petite pointe de déception, car cela n'était pas suffisant selon Valentine pour qu'un couple s'inscrive dans la durée. Avec si peu de différence on ne peut être qu'ami pas amant. Il en aurait fallu au moins 10, oui au moins pensait-elle. Si Marietta soupçonnait le genre de conflit intérieur qui influençait le comportement de la jeune femme, elle listerait une foule d'arguments pour lui démontrer son erreur de jugement. S'il s'agissait de ses sœurs, elle se ferait fustiger sur-le-champ et pour cause, Delphine avait un an de moins que Stéphane et Clothilde était née la même année que son conjoint, deux mois avant lui…

Valentine acheva la dernière bouchée de son crumble avant de boire un thé chaud parfumé au bleuet. Pour se rendre au coin cuisine, elle devait longer le bureau de Marietta, mais, trouvant porte close, fait rarissime elle passa son chemin. L'ayant laissée en bonne santé le matin même et sachant son amie débordée Valentine n'avait aucune raison de s'inquiéter. Elle poursuivit donc son projet initial et alla à l'évier laver son mug. Sur place, elle croisa Mathieu et en apprit un peu plus sur la présence de Frédéric dans leurs locaux. Consultant externe, il avait pour mission de mettre en place un logiciel servant à la lutte contre le blanchiment d'argent plus communément nommé LCB-FT. Selon toute logique elle ne devrait pas avoir à collaborer avec lui, car bien qu'étant membre du contrôle permanent, la LCB-FT n'était pas sa spécialité. Matthieu ne sachant pas quel type exact de contrat liait les deux structures, Valentine irait quémander l'information au service juridique. Si le contrat avait été réalisé dans le cadre d'un PS2E, les échanges entre les deux structures seraient réguliers et par conséquent contractualisés.

De retour dans son bureau, Valentine consulta son agenda Outlook et constata que pas moins de trois réunions étaient programmées pour le lendemain. Elle allait demander le report de deux d'entre elles quand Jean-Eudes fit une entrée impromptue. Il venait lui remettre en mains propres sa fiche de stage. Valentine fit la moue, ce travail supplémentaire bien que peu chronophage l'ennuyait au plus haut point. En tant que fils de l'un des meilleurs clients de la banque, Jean-Eudes avait bénéficié d'un piston pour passer quelques mois au sein du département du contrôle interne de la banque. Malgré l'avis défavorable émis par Valentine à l'annonce de sa venue, Jean-Eudes avait décroché le droit d'investir les lieux, car la direction avait jugé inconvenant de refuser une telle candidature.

- Vous comprenez, lui avait rétorqué l'un des dirigeants effectifs, « un geste en valant un autre » ce service ou cette faveur si vous préférez ce terme, ne peut qu'être bénéfique pour nous et pour vous aussi par conséquent.

- Monsieur le directeur, lui avait alors répondu Valentine, avec toute l'assurance dont elle était capable, je me méfie des petits arrangements, n'oubliez pas que je travaille au sein du service de la conformité et qu'il est de mon devoir de veiller à au bon respect de la réglementation. Je préférerais donc lui faire passer un entretien pour m'assurer de la judiciosité de ce choix.

- Valentine, soyez raisonnable. De toute façon il est un peu tard, j'ai déjà donné mon accord.

- Un autre service pourrait peut certainement l'accueillir insista-t-elle.

- La fille de monsieur Amaronthe m'a dit tellement de bien de vous que j'ai décidé de vous nommer marraine officielle de la marmaille de nos meilleurs clients.

- Hélène était une perle, « fille de » certes, mais motivée et performante je l'ai testée en entretien je vous le rappelle.

- Je vais être clair, ma remarque restera officieuse. Il ne risque pas de vous importuner, car pour l'avoir rencontré, il ne posera aucune question et n'ouvrira pas la moindre enveloppe.

Jean-Eudes était sorti du bureau avec la même nonchalance que celle avec laquelle il était entré. Valentine ouvrit le document de 4 pages complété au trois quarts. Sa participation se limitait à la rédaction d'un commentaire pouvant s'étendre sur 15 lignes. Une demie suffisait largement pour écrire « grâce à son père son avenir sera assuré », mais afin de conserver sa dignité face au haut management, elle se limita finalement à « sans commentaire particulier ».

Sa journée de reprise était passée à la vitesse grand V, déjà 17H50, Valentine se sentait lasse. N'ayant pas croisé Frédéric au cours de l'après-midi, elle se demanda s'il serait là demain. Peut-être n'était- il présent dans les locaux qu'en matinée. Il est une vérité connue que certains consultants bénéficient d'une autonomie enviable et si ce dernier avait la possibilité de travailler de chez lui, il n'y a aucune raison de ne pas profiter de cet avantage.

Enfin chez elle, Valentine s'assit un moment sur le lit indien auquel elle tenait beaucoup, il lui avait fallu plusieurs années pour le trouver, mais elle n'avait pas regretté de persister dans sa quête. Celui-ci se mariait à la perfection avec la décoration choisie par la jeune femme. Le petit 20 m² dans lequel vivait Valentine correspondait parfaitement à sa personnalité, simple, fonctionnel, mais surtout cosy. Elle prit son portable et appela sa mère, rassurée que tout allât bien depuis la veille, Valentine raccrocha en omettant de l'avertir de la surprenante surprise qu'elle avait eue au bureau. S'en étant rendu compte une fois raccrochée et trouvant ridicule de la rappeler pour ça, elle décida que cette nouvelle pouvait bien attendre son prochain appel.

## Chapitre 7

N'ayant pas de nouvelles depuis presque deux mois de son amie d'enfance, Marie-Edith décida de l'appeler. Emma qui somnolait dans son salon au coloris vert émeraude ne décrocha qu'à la quatrième sonnerie. Dès la première seconde, elle reconnut à qui appartenait cette voix si chaleureuse et fut ravie de l'occasion qui se présentait à elle de pouvoir passer quelques minutes en sa compagnie. Après s'être enquis réciproquement de la santé de leurs proches, Emma narra l'évènement récent qui avait mis un terme définitif dans ses relations avec sa sœur. Son regret confia-t-elle à son amie, c'est de ne pas avoir eu le courage de prendre cette décision des années auparavant. Cela lui aurait valu bien des désagréments en moins. Mais on ne peut pas revenir en arrière et les choses arrivent parfois au moment opportun. Édouard avait eu la bonne idée d'oublier le cadeau prévu pour les mariés à leur domicile, il pourra ainsi servir pour une autre occasion. Marie- Édith la rassura, d'après elle il est inutile de poursuivre une relation quand elle n'apporte que des déceptions et par conséquent cette nouvelle était une bonne nouvelle, en cela qu'elle mettait toute la famille d'Emma d'excellente humeur et apportait à chacun un confort rassurant.

Une fois raccrochée, Marie-Edith tenta de joindre son fils, mais hélas, ce fut le répondeur qui se déclencha. Tout en reposant le combiné du téléphone, elle repensa à ce qu'avait dit sa petite fille.

Et si ? Et si... Elle se demanda à qui Frédéric se confirait s'il rencontrait une potentielle compagne, puis partagea son interrogation avec son mari :

- Pas à moi et encore moins à toi.

- Peut être à Édouard ou Arthur…

- Non il aurait trop peur que ses sœurs l'apprennent, t'avertissent et que vous organisiez son mariage le WE suivant.

- Je suis sa mère quand même ! dit-elle indignée.

- Justement c'est par ce que tu es sa mère et moi son père qu'il ne nous dira rien.

- Charles dit-elle en réfléchissant, comment s'appelle son ami tu sais celui qui…

- Marie Édith ne t'avise surtout pas de faire ça ! L'interrompit-il d'un ton qui s'apparentait à une mise en garde.

Émotionnellement blessée, Marie Édith regarda son mari non sans stupeur. Il avait abandonné son journal et levait vers elle un doigt d'une façon très agressive. Elle prit son tricot et ne prononça plus un mot de toute la soirée jusqu'à ce que la sonnerie du téléphone ne se fasse entendre.

Il était presque 21 H et Frédéric venait de prendre connaissance du message laissé plus tôt dans la soirée. Il venait de passer une demi-heure avec sa sœur, Marie Camille, et presque autant de temps avec Quentin. Ce dernier refusait catégoriquement de passer les prochaines vacances chez sa mère. Hélas il était encore mineur et la loi française n'était pas en sa faveur. D'ici deux ans il sera enfin libéré de toute entrave parentale.

- Il souhaiterait venir chez vous pour les congés, l'informa Frédéric

Bien que le haut-parleur n'ait pas été enclenché, Charles avait deviné l'objet de la conversation et cria que Quentin serait toujours le bienvenu chez lui.

- Si tu l'as au téléphone avant moi, dis-lui que je l'emmènerai au commissariat, il sera content.

- Non Charles, je n'aime pas que tu l'emmènes dans des endroits comme celui-là on ne sait jamais ce qui peut arriver.

- Maman, arrête un peu avec ça s'énerva légèrement Frédéric, tu connais papa, il sait ce qu'il fait et tu sais bien que Quentin veut entrer dans la police. Papa le considère comme son petit-fils.

- C'est mon unique petit fils et puisqu'il veut rentrer dans la police comme son grand-père, je compte l'aider à atteindre ses objectifs.

Voulant à tout prix ne pas se fâcher pour la seconde fois de la soirée avec Charles, et sachant que ce dernier est loin d'être imprudent, Marie-Edith changea de sujet pour raccrocher peu après, car il se faisait tard et elle se sentait fatiguée.

Son garçon allait bien, Quentin viendra leur tenir compagnie très bientôt et cette idée lui faisait plaisir. Quentin était le fils qu'Édouard avait eu avec sa première épouse, les parents de Marie-Camille ne l'avaient donc connu que lorsque leur fille s'était mise en couple avec son compagnon. Sa vraie mère ayant refait sa vie de son côté, elle ne recevait son fils qu'occasionnellement et seulement pour sauver les apparences ou pour opposer son droit de véto, histoire de leur rappeler qu'elle avait encore un certain pouvoir. Quentin n'aimait ni sa mère ni la pièce rapportée avec qui elle partageait à présent sa vie.

## Chapitre 8

Valentine versait de l'eau chaude sur son sachet de thé quand FX s'approcha.

- On s'est à peine croisé depuis ton retour de congés dit-il en guise d'introduction.

- Exact ! Je règle les sujets en cours et je dois également absorber toute la veille règlementaire diffusée en mon absence. Des sanctions ACPR sont tombées en masse pendant ma semaine off. Je dois m'assurer que la banque est compliance sur les thèmes épinglés. Et à l'informatique ça se passe comment ?

- Le logiciel dont nous avons fait l'acquisition est vraiment bien. Tu assisteras à la démo j'espère ajouta-t-il tout en se préparant un café. On a besoin d'un avis métier pour booker le projet. Tes remarques pertinentes seront les bienvenues.

- Plus que bienvenues, elles sont indispensables lança Frédéric qui ayant de loin aperçu Valentine, s'avançait pour la saluer.

- Bonjour répondit-elle avec son plus beau sourire. Alors ? J'ai l'impression que tout se passe très bien.

- Frédéric maîtrise parfaitement bien son sujet et c'est un réel plaisir de travailler en équipe avec lui.

- Merci, mais je ne mérite pas tant de compliments.

- Et modeste en plus ajouta Valentine d'un ton taquin.

- Tu vas me faire rougir ! lui répondit Frédéric

- Ta mission dure combien de temps ?

- Trois mois, mais je ne serai pas sur place à temps complet, ensuite ma société assurera un soutien logistique. Le contrat qui lie nos deux structures est de type PS2E me semble-t-il. Mais cet aspect-là m'échappe totalement, il est géré par entre le commercial et le juriste. Aucun rapport, mais pourras-tu te libérer pour un déjeuner ?

- Absolument.

- Une préférence ?

- Aujourd'hui.

- Quelle heure ?

- 11H45.

FX qui avait assisté à la scène avala sa dernière goutte de café et lança avant de jeter sa tasse en plastique dans le container prévu à cet effet :

- Valentine, en acceptant cette invitation tu es devenu l'ennemi numéro 1 de toutes les filles de la société.

Valentine et Frédéric échangèrent un regard avant de rire de bon cœur.

L'un et l'autre ayant un faible pour la cuisine asiatique, Valentine lui fit découvrir  son restaurant préféré situé à deux pas de la sortie du métro "Arts et Métiers". Elle commanda un poulet à la citronnelle tandis que Frédéric opta pour un plat au nom imprononçable. N'ayant pas eu l'occasion de voir la famille de Frédéric depuis bien des années, ce dernier lui fournit bon nombre d'informations qui complétaient le dossier transmis par Marietta la veille. Hélas, leurs échanges furent interrompus par la sonnerie de portable de Valentine, on l'attendait depuis plusieurs minutes à une réunion. Mais où avait- elle donc la tête ?

La longue pause déjeuner qu'il s'était accordée lui avait laissé une saveur toute particulière. Le niveau d'attention qu'il était censé maintenir durant la réunion avec les membres du service LCB-FT était lamentable, ce qui n'était guère dans ses habitudes. Si physiquement Frédéric était présent dans le salon Pékin, son esprit voguait à une époque lointaine, quelques brides de son enfance refaisaient surface. Il faisait appel à ses souvenirs. Comment était-elle ? Elles étaient trois filles, Clothilde la plus âgée et Delphine la plus jeune. Se sentait-il seul lorsqu'elles venaient leur rendre visite, lui, le seul garçon entouré de cinq filles ? Aucun souvenir désagréable ne lui venait à l'esprit. Valentine était une femme à présent, une femme cultivée et fort ravissante auprès de qui il se sentait bien, en confiance. Pourquoi ? Il n'en savait rien. Si elle n'avait pas été une amie d'enfance, aurait-il eu l'idée de l'inviter à déjeuner en tête à tête ? Celles à qui il accordait ce privilège n'avaient qu'une idée en tête : le séduire. Valentine non, d'ailleurs, avec un peu de recul, son orgueil de mâle était blessé, pourquoi n'avait-elle pas succombé à son charme comme toutes les autres. La réunion s'était achevée, mais sa question resta sans réponse.

La semaine s'achevait et comme promis à sa mère lors de leur dernier contact téléphonique, il fit un petit détour chez ses parents avant de rentrer chez lui.

Contre toute attente, Marie-Edith lui parla d'Emma. Elle lui confia que son amie venait de passer des moments difficiles et lui expliqua brièvement lesquels. Si vu de l'extérieur, Frédéric semblait indifférent à ce qu'il entendait, vu de l'intérieur, il enregistrait le moindre mot prononcé par sa mère. Il appréhendait, juste un peu, le moment où sa mère lui dirait qu'elle aurait préféré que ce soit lui qui l'informe de sa rencontre inopinée avec Valentine. Mais selon toute vraisemblance, elle n'était pas au courant. Une conclusion s'imposa donc d'elle-même : Valentine n'avait, elle non plus, pas prévenu son entourage. Frédéric était légèrement vexé. Valentine n'était-elle pas contente de le revoir ? Son comportement semblait pourtant exprimer le contraire… Pire, comptait-il si peu pour elle ? Chaque minute passée aux côtés de la jeune femme lui avait donné la sensation d'être une bouffée d'oxygène. Mais elle, comment avait-elle vécu ces retrouvailles ? Que pensait-elle de lui ? Pas grand-chose apparemment, ou si peu. Pourquoi ces sourires alors et cette bienveillance à son égard ? Lui, habitué à parfaitement maîtriser les impondérables était on ne peut plus dubitatif. Souhaitant conserver ce secret pour lui seul, il décida garder le silence… pour le moment. Il gérera cette situation aussi inconfortable soit-elle le jour où la vérité éclatera. Son esprit cartésien trouverait bien une excuse crédible pour éviter tout soupçon.

Charles qui jusqu'à présent avait laissé à sa femme le monopole de la conversation décida qu'il était temps de prendre le relais, car Frédéric n'avait aucunement l'intention de rester dîner et encore moins passer la nuit dans sa chambre d'adolescent, et ce, même si cela ferait plaisir à ses parents. Il avait une multitude de contraintes domestiques à faire chez lui qui ne lui permettrait pas de profiter de son WE même si un peu de farnienté lui aurait fait le plus grand bien. Ceci dit, il s'engagea à répondre à toutes les questions de son père avant de les laisser seuls pour la soirée. Charles réclama un rapport détaillé de la mission qu'il menait depuis quinze jours à présent. Frédéric qui avait repris ses esprits lui rappela que pour des raisons de confidentialité, il n'était en mesure que de lui communiquer qu'un rapport semi-détaillé. Charles qui partageait le même humour que son fils lui répondit qu'il s'adressait à lui en tant que commissaire de police et retraité qui plus est, ce qui lui donnait un avantage supplémentaire. Frédéric, ravi de parler de son travail, cessa de le taquiner et lui donna un compte rendu du déroulement de sa dernière semaine.

En tant que membre de la police, Charles voyait les choses sous un angle différent et ses remarques pertinentes avaient permis à plusieurs reprises de repenser des process et ainsi d'améliorer des logiciels afin de limiter un peu plus des risques opérationnels de type 1 à 7. Au cours de cette longue discussion, Frédéric omit intentionnellement un détail, et non des moindres : Valentine.

## Chapitre 9

En tant que consultant, Frédéric avait acquis de nombreuses compétences qu'il mettait au service des sociétés dans lesquelles il était dépêché. Sa proactivité faisait de lui un élément indispensable et apprécié à la fois de ses supérieurs hiérarchiques, mais également de toute personne ayant le privilège de travailler à ses côtés. Si son départ allait inévitablement provoquer une consommation excessive de Kleenex chez la gent féminine, l'autre gent n'avait pas l'intention de le laisser partir sans une chaleureuse poignée de main. Les évènements se déroulaient invariablement de la même façon, et ce quelle que soit la société dans laquelle il avait réalisé une mission. De nature enthousiasme, il n'avait jamais mal vécu ces ruptures. Admises dès le départ elles faisaient partie du deal, c'est pourquoi le jeune homme les vivait sans la moindre mélancolie, sachant pertinemment que ces moments furent agréables, mais que d'autres l'attendaient ailleurs. Mais à présent tout lui semblait différent... Valentine changeait la donne. La perdre lui était insupportable et tout à fait injuste. Il regarda une à une les personnes travaillant au sein de l'open space réservé à l'informatique et pensa qu'aucun d'entre eux n'avait conscience de la chance qu'ils avaient d'être si près d'elle au quotidien.

Comme chacun le sait, un projet comporte plusieurs phases et celle devant être assurée par l'ingénieur informatique prendrait fin très prochainement, dès que le responsable de la lutte contre le blanchiment d'argent, le déclarant TRACFIN et le correspondant TRACFIN auraient vérifié l'adéquation entre l'outil livré et le cahier des charges rédigé par leurs soins. Ensuite le relais serait passé à un consultant formateur qui passerait quelques jours puis serait à disposition des équipes pour tout complément d'information, comme convenu dans le contrat signé entre les deux entités.

Le bureau dans lequel Frédéric était installé étant situé à l'autre extrémité de celui de Valentine, les occasions de croiser la jeune femme étaient, à son grand désespoir, fort limitées. Il avait bien tenté à plusieurs reprises de tomber « par hasard » sur elle avec la ferme intention de l'inviter à déjeuner, mais en vain. Soit sa belle était sortie, soit elle patientait déjà devant l'ascenseur avec quelqu'un d'autre que lui. Ces situations se répétaient à tel point que cela devenait frustrant, d'autant plus que Frédéric avait conscience qu'il n'avait qu'une seule chose à faire pour atteindre son objectif, celui de prendre les devants. L'affection qu'il ressentait pour elle l'empêchait de réagir. Tout au fond de lui, Frédéric avait peur, peur qu'elle lui dise « non » en inventant une excuse bidon, ou pire encore, qu'elle ait prévu de déjeuner avec un autre homme, et ce, même si ce rendez-vous avait lieu dans un contexte purement professionnel. Émotionnellement parlant, Frédéric ne pourrait supporter d'être évincé au profit d'un autre homme.

Il est de notoriété publique qu'au sein des structures bancaires et financières on ne trouve porte close que dans les deux cas suivants : en vacances ou en réunion. La banque dans laquelle travaillait Valentine ne dérogeait pas à la règle implicite de la porte ouverte. Ainsi, les rares occasions où Frédéric avait l'opportunité de passer devant la salle où travaillait son amie et, s'il se déplaçait avec une lenteur mesurée, il pouvait profiter durant quelques secondes seulement, de son joli minois.

Systématiquement concentrée sur son écran ou en train de taper sur son clavier d'ordinateur ou bien encore en pleine conversation téléphonique, Frédéric n'osait jamais interrompre la jeune fille. Le son de sa voix quand elle parlait, l'intonation qui mettait en relief son caractère trempé, mais plein de tendresse, les expressions qu'elle usitait, ses mots à elle, son humour un brin british étaient loin de le laisser indifférent. Son sourire, cette façon qu'elle avait de pousser ses longs cheveux derrière son oreille gauche… Cette fille le fascinait. En fait, tout en elle lui plaisait.

Frédéric souffrait de savoir que son départ approchait à grands pas. Il commençait à s'interroger sur les chances de voir sa relation naissante avec Valentine perdurer une fois cette mission achevée. Lui, habituellement cartésien, doué pour la planification, trouvant avec aisance une solution à chaque problème perdait pour la première fois de sa vie tout espoir. Il devait se reprendre et vite.

Son raisonnement l'amena à la conclusion suivante : le seul moyen de revoir la jeune femme consisterait à organiser une rencontre programmée via son père et sa mère, car eux seuls avaient les moyens d'intervenir. Mais pour rendre ce projet possible, Frédéric devait leur faire part de son « petit » penchant. Inenvisageable ! Le mot discrétion perdait tout son sens pour sa mère quand le thème du couple au sens large était abordé. Le bonheur et l'espoir naissant d'être grand-mère à nouveau allaient lui faire perdre la raison. De plus, Valentine était loin d'être semblable aux autres filles. Souriante et aimable elle l'était, mais rien dans son comportement n'indiquait un quelconque attachement plus spécifique. Séducteur malgré lui, il détectait en un temps record tout signal d'accrochage sentimental, mais là rien, un échec total incompréhensible. En suivant le fil de ses pensées, il vint à s'interroger sur l'existence d'un lien encore existant entre ses sœurs et celles de Valentine. Marie-Camille avait l'âge de Delphine. D'ailleurs, il avait été convié au mariage de cette dernière quelques années plutôt, mais avait dû s'excuser suite à une crise d'appendicite. Comment aurait-il réagi s'il avait redécouvert Valentine à cette époque ? Était-elle en couple? Une multitude de questions se bousculait dans sa tête. Pour avoir des réponses il devrait questionner ses proches, mais il ne pouvait pas. Son père aurait tôt fait de soulever un lièvre plus gros qu'un éléphant et son amour secret n'en serait plus un. Pourtant il avait besoin de savoir, un besoin viscéral. Il devait réfléchir à la meilleure stratégie à adopter dans cette situation.

Plongé dans ses réflexions, Frédéric n'entendit pas le bonjour prononcé par l'objet de ses pensées. Elle s'était déplacée, pour lui seul, précisa-t-elle. S'absentant une semaine entière et sachant que le projet avançait à la vitesse grand V, elle voulait s'assurer de sa présence dans les locaux à son retour. Frédéric eut du mal à contenir sa déception. Lui qui déjà la voyait déjà si peu, ne pouvant décemment pas lui avouer la douleur qu'il ressentait en cet instant précis, il lui répondit le plus succinctement possible. Oui, il serait toujours là en présentiel, mais seulement à hauteur de 2 jours par semaine. Il aurait voulu comprendre son sourire, mais le risque d'erreur était bien trop conséquent pour qu'il émette la moindre interprétation. Quand il est question de sentiment, la cohérence d'un raisonnement n'a aucun sens. Valentine lui dit donc à bientôt puis disparut avec la même légèreté que la brise. Frédéric la regarda s'éloigner, fixa ces derniers instants dans sa mémoire en se demandant comment il allait pouvoir compenser cette terrible absence. C'est alors que lui vint une idée : la prendre en photo. En consultant sa montre-bracelet, il fut soulagé d'avoir encore quelques heures devant lui pour mener à bien ce projet. Le soir venu, en quittant la société, Frédéric comptabilisait 15 photos et 3 vidéos. Juste de quoi patienter quelques jours… quelques jours seulement.

Chez lui, tout en visualisant inlassablement le contenu de son portable, il pensa aux remarques que lui faisait sa mère à de nombreuses reprises : trouve une fille gentille et cultivée. Dans l'idéal, issue d'une bonne famille, ce point n'étant pas le plus important puisqu'en t'épousant elle prendra notre nom avait-elle ajouté. Suivant les périodes de sa vie, ces remarques l'avaient soit amusé soit énervé pour le laisser indifférent… jusqu'à aujourd'hui. Et si c'était elle ?

## Chapitre 10

Comme chaque dimanche matin, Frédéric passait rapidement un survêtement de sport avant de claquer la porte de son appartement pour rejoindre Bruno. En aménageant sur Pereire il y a cinq ans Frédéric s'était lié d'amitié avec l'un de ses voisins. Ce dernier, père de famille, avait dû abandonner quelques mois après l'installation de Frédéric son confortable trois pièces pour palier à l'agrandissement de sa famille dû à l'arrivée d'un troisième bambin. Ayant aménagé dans le même quartier, les deux amis avaient décidé d'un commun accord de conserver leur habitude sportive et se donnait RV chaque semaine, quelle que soit la saison.

Bruno descendait quelques minutes avant le passage de Frédéric et patientait, à sa manière, devant le portail de sa résidence. À sa manière, car avant de s'élancer comme tout sportif digne de ce nom, il prenait le temps de s'échauffer en faisant des mouvements assez étranges qui hallucinaient la moitié les passants. Il se souvient encore des paroles prononcées par une mère de famille. Elle avait mis en garde son enfant en lui ordonnant de détourner son regard, car le monsieur, en l'occurrence Bruno, avait l'air dangereux.

- Genre ! s'était-il indigné auprès de Frédéric, est-ce que j'ai une tête d'évadé psychiatrique ?

Celui-ci avait ri de bon cœur à l'anecdote. Choqué, Bruno avait décidé de faire sa préparation physique chez lui la semaine suivante afin d'éviter tout jugement de personnes extérieures. Par contre, il n'avait pas pensé que ses enfants allaient vouloir faire comme leur papa pour la simple raison qu'ils trouvaient cela rigolo. Malheureusement, son épouse ne partageait pas cet avis. Il avait dû affronter sa colère et avait par dépit repris ses habitudes en extérieur. Bruno décida alors de faire fi du qu'en-dira-t-on et cessa depuis ce fameux jour de se cacher.

La résidence où vivait Bruno étant située au centre d'un grand boulevard, il pouvait voir aisément son ami arriver. Aujourd'hui il eut la surprise de constater une aisance dans les mouvements, un dynamisme qui prenait forcément sa source quelque part. Bruno dont l'humour était l'un de ses principaux traits de caractère se réjouit à l'idée d'avoir l'opportunité de taquiner son ancien voisin suite à ses observations. C'est une fois arrivé à sa hauteur qu'il comprit que ce quelque chose était d'une importance capitale et bien entendu il voulait être mis au parfum sans attendre.

- C'est un sourire « je-viens-de-rencontrer-quelqu'un » que tu affiches là…

- Ouais. Mais je ne pense pas être amoureux.

- Amoureux ? C'est un terme lourd de sens surtout venant de toi.

- Elle me plaît c'est tout.

- À la folie ou passionnément ?

- Un peu beaucoup… Valentine.

Bruno l'observait avec insistance en plissant légèrement les yeux comme s'il cherchait à lui extorquer des aveux.

- Valentine… c'est son prénom

- Oui j'avais compris… Et es-tu sûr qu'elle n'a pas déjà un valentin ta Valentine ?

- Certain.

- C'est un avantage non négligeable. Et physiquement elle est comment ?

- Parfaite.

- Oh putain !

- J'ai deux trois photos. Tu veux la voir ?

- Et comment !

Frédéric sortit son iPhone et le manipula avec dextérité pour faire défiler l'ensemble des souvenirs accumulés l'avant-veille. Bruno lui fit remarquer que cette fille lui avait tellement fait tourner la tête qu'il ne savait plus compter. Non seulement il avait comptabilisé quinze photos, mais Frédéric avait omis de préciser que plusieurs vidéos complétaient sa collection. Le tout fait à l'insu de la jeune fille ! Frédéric n'écoutait pas il regardait béatement son portable. Bruno constatant les faits insista :

- T'es complètement accro à cette nana. Ceci dit, elle a certains atouts, je te l'accorde.

- C'est la dernière chose à laquelle je m'attendais.

- Oh putain ! C'est le premier indice d'un coup de foudre.

- Non ça devrait passer… il me faudra juste un peu de temps.

- Tu te fiches de moi ? Tu prends des photos d'elle en cachette, des vidéos et tu penses que ça va passer ? Tu les as regardées combien de fois ? Quatre, cinq six sept...

- Je n'ai pas compté.

Bruno frappa sa paume gauche sur son front, un geste signifiant : Oh mon Dieu !

- Elle part en vacances, se défendit Frédéric et, tout en faisant glisser son portable dans l'une de ses poches. Je ne vais pas la voir pendant 8 jours, il me fallait bien quelque chose pour...tu comprends ?

- Ce que je comprends c'est que la situation dans laquelle tu t'es fourré est pire que ce que je pensais. Tu es bel et bien tombé amoureux. Tu la connais depuis quand ?

Après un bref historique des liens qui unissent Frédéric à Valentine, Frédéric lui expliqua qu'il avait peur de la perdre. Pour être plus précis, il avait peur qu'elle rencontre quelqu'un pendant ses vacances, d'autant plus qu'il sait que sa famille, au sens large du terme, la pousse dans ce sens.

- J'ai pas envie que l'une de ses sœurs lui présente un type pas assez bien pour elle, précisa-t-il devant le regard faussement ahuri de son ami.

- Pour résumer, qu'elle se tape un autre type que toi. Au pire si elle se case, l'une de ses sœurs ne pourrait pas faire l'affaire ? plaisanta Bruno. Je déconne! Appelle-la, comme ça, elle saura que tu penses à elle.

- Je ne saurai pas quoi lui dire !

- Trouve une excuse.

- Elle va se douter de quelque chose.

- C'est un peu le but. Si tu ne veux rien lui dire et si elle ne se doute de rien, rien n'arrivera. Je te rappelle que tu as toutes les femmes à tes pieds. J'ai d'ailleurs interdit à la mienne de t'adresser la parole.

- T'es con parfois quand même.

- Côté filles tu manques d'entraînement. Mais moi je suis un expert, t'as du bol. Allez go dit-il avant de s'élancer à petite foulée, je vais te faire un petit cours de rattrapage. On va te trouver une excuse, une vraie de vraie, un truc crédible et assez intelligent, pour éviter qu'elle te prenne pour un con.

## Chapitre 11

Marietta préparait des brochures pour une réunion de l'organe de surveillance quand Frédéric se présenta à la porte de son bureau. Frappée par l'air penaud qu'il arborait, elle lui proposa gentiment son aide.

- Je suis très ennuyé, il faudrait que je contacte Valentine, mais je n'ai pas son numéro de…

- Mais moi si ! coupa-elle. Le connaissant par cœur, elle le nota de mémoire sur un post-il qu'elle tendit avec un sourire lourd de sous-entendus à l'intéressé.

Il s'approcha d'elle pour saisir le document tendu en la regarda droit dans les yeux. L'assistante de direction avait indéniablement du talent pour lire dans les pensées. Lui qui cultivait la discrétion le plus totale sur sa vie sentimentale, lui qui se targuait de pouvoir échapper à la vigilance de son père, il venait d'être démasqué par une personne qui le connaissait à peine. Quant à Marietta, elle jubilait. Ce beau jeune homme mûr au physique avantageux et au QI élevé avait bel et bien succombé au charme de son amie. Son vœu prenait forme… La demande en mariage ne devrait plus tarder selon elle.

En dépit du degré d'urgence de la tâche que Marietta devait mener à bien et surtout achever d'ici quelques minutes, la secrétaire de direction avait en cet instant précis une tout autre priorité :

prévenir sans tarder Valentine des derniers évènements. Elle ferma la porte de son bureau pour plus de discrétion et se jeta sur son téléphone. La messagerie de Valentine se mit immédiatement en route ce qui déclencha un immense soupir de désolation. Marietta déplorait la mauvaise habitude de sa collègue de « décrocher », c'est le mot que Valentine utilisait, pendant ses congés, histoire de ne pas transformer son lieu de villégiature en annexe de bureau. Contrecarrée dans ses plans, au lieu d'aller dans les détails, comme elle prenait plaisir à le faire, Marietta fut contrainte de laisser un message aussi succinct que possible.

- Ma chère Valentine, ton futur mari m'a demandé tes coordonnées que je lui ai bien entendu transmises. Tu lui manques, cela fait deux jours qu'il ne t'a pas vue et à défaut d'être avec toi il s'est dit que le son de ta voix pourrait combler une partie de son désespoir. Au fait, il n'était pas rasé ce matin... c'est un signe. À titre exceptionnel, je t'en conjure, quand tu auras écouté ce message, laisse ton portable allumé ! Ne le prive pas de quelques minutes de bonheur, si tu avais vu son air désespéré lorsqu'il est venu m'implorer de lui donner ton numéro de téléphone ! Je veux être ta demoiselle d'honneur. J'adore les histoires d'amour. Je t'embrasse.

Une fois le combiné posé sur son socle, Marietta n'arrivait pas à déconnecter, elle visualisait pleine d'espoir une scène ultra romantique de retrouvailles un peu semblable à celle que l'on pourrait voir dans un film.

À plusieurs kilomètres de là, Valentine, furieuse contre l'une de ses sœurs, fulminait. Cette dernière avait organisé, sans l'en avertir préalablement, un tea time en compagnie d'un célibataire sélectionné par ses soins. Assise dans un confortable sofa du salon au ton beige de leur maison aménagée dans l'esprit anglais de l'époque victorienne, Valentine buvait un thé noir parfumé aux agrumes. Droite comme un i, elle se montrait aussi froide que le breuvage était brûlant et affichait un sourire surfait au jeune homme convié en son honneur. Tout en jetant des regards foudroyants à sa sœur aînée, la jeune célibataire préparait déjà sa vengeance.

Le parcours soi-disant parfait qu'André avait suivi était somme toute très commun à celui de toute personne visant une carrière d'avocat. Le niveau de prétention du jeune homme l'avait poussé à détailler son cursus universitaire, les cabinets dans lesquels il avait fait ses premières armes ainsi que tous ses hobbies qui transpiraient le m'as-tu-vu dont Valentine avait horreur.

En agissant de la sorte, Clothilde avait dépassé le seuil de tolérance de sa petite sœur. L'adjectif que Valentine aurait utilisé pour décrire l'aînée de sa famille à cet instant précis était celui de folle et non celui d'imprudente.  Comment a-t-elle pu croire qu'un type aussi pitoyable pourrait éveiller en elle des sentiments amoureux. Il a une bonne situation ? Soit ! Et alors ? Elle aussi ! Si l'orgueil précède la chute, Mr Parfait allait tomber rapidement... et si bas qu'il n'aurait jamais pu l'imaginer.

Les messages visuels utilisés par Valentine pour exprimer son mécontentement n'avaient pas échappé son entourage. L'amabilité habituelle dont elle faisait usage lors des « garden party » quand celle-ci daignait s'y présenter, bien entendu, avait laissé place à un comportement frôlant l'irrespect. Pour la première fois de sa vie, Clothilde avait honte de sa sœur, mais plus encore, d'elle-même.

- Bon sang se dit-elle, je la connais suffisamment pour savoir qu'une incursion dans sa vie privée était bien la dernière chose à faire. Honte à moi de l'avoir envisagé. Sa rancune est tenace, je dois m'attendre à de fâcheuses conséquences. Mon époux ne sortira pas indemne de cet échec. Le cœur à prendre étant l'un de ses proches collaborateurs, Valentine le tiendra également pour responsable, mais jusqu'à quel point ?

C'est au cours d'une soirée organisée par le cabinet d'avocats de Jean-Raoul que Clothilde avait fait la connaissance d'André. Issu d'une famille aisée, celui-ci avait acquis des manières distinguées lui donnant une certaine classe qui n'avait pas laissé Clothilde indifférente. Contrairement à ses deux sœurs, Clothilde était attachée à ce que l'on pourrait nommer le pedigree, et le niveau atteint par ce jeune homme passait la douane sans la moindre hésitation. D'ailleurs si elle n'était pas mariée, elle l'aurait classé comme conjoint potentiel et c'est la raison pour laquelle, elle pensa aussitôt par association d'idées à Valentine. Pensant qu'un homme de sa qualité ne resterait pas célibataire très longtemps, Clothilde se dit qu'elle devait agir le plus rapidement possible. Jean-Raoul, une fois informé du désir de sa femme, réfléchit aux conséquences d'une liaison entre son collègue et sa belle-sœur. Financièrement, l'opération était intéressante pour Valentine et il se laissa convaincre par son épouse pour les autres éléments qu'elles avaient listés en faveur d'une union entre les deux partis. Jean-Raoul entreprit de tâter le terrain pour éviter un fiasco total. Coup de chance, André, cherchait activement une épouse et quand Jean-Raoul lui avait montré quelques photos où posait entre autres la jeune fille à marier, le jeune homme n'eut aucun mal à imaginer la belle demoiselle ni à son bras … ni dans son lit. Jean-Raoul avait fait sa part de travail et pensait que Clothilde s'était chargée de l'autre, la plus délicate, celle qui demande un enrobage plus sucré, car Valentine était très tatillonne sur le sujet des mariages arrangés. Il ne sut que sa femme n'avait pas accompli sa mission le matin même de la rencontre et la réprimanda sans ménagement pour cette omission volontaire.

Clothilde comprit très rapidement que Valentine ne partageait pas son goût pour les manières très « comme il faut » d'André sur qui la jeune femme avait collé l'étiquette »même pas en rêve » et ce, dès les premières minutes de la présentation. Clothilde regrettait son manque de discernement. En tant qu'aînée de la famille, elle avait développé un tel degré de confiance en elle que sa propre mère avait dû la mettre en garde à maintes reprises.

- Attention, cela finira par te jouer un vilain tour lui avait-elle dit.

Ce jour était arrivé et elle ne pouvait s'en prendre qu'à elle-même. Oui, elle aurait dû consulter ses proches avant de s'investir corps et âme dans cette aventure à haut risque. Oui c'était trop tard à présent pour faire marche arrière et elle devrait assumer ses erreurs ainsi que les conséquences qui ne manqueraient pas de se produire.

André, persuadé que la jeune femme en face d'elle avait été briffé sur le motif exact de leur rencontre avait clairement fait comprendre à l'objet de ses désirs qu'elle correspondît parfaitement à ses attentes personnelles. Valentine, peu connue pour sa langue de bois, fit remarquer qu'il n'avait à priori pas besoin de chercher une épouse puisque apparemment son entourage gérait les démarches pour lui. Son cas devrait donc bientôt se résoudre de lui-même. André insista alors lourdement sur sa position sociale et lui indiqua que la femme qui serait sienne bénéficierait également d'avantages non négligeables. Valentine exaspérée par ce type de propos qui selon elle ne pourrait faire saliver que des femmes « intéressées » se permit une ultime réaction qui allait anéantir tous les espoirs du jeune homme. Les agences matrimoniales gèrent les cas désespérés et selon elle il était urgent d'en contacter une puisque ses connexions ne suffisent apparemment pas à lui donner satisfaction. Elle aurait bien entendu été ravie de lui apporter son aide dans le cadre de ses démarches, mais elle ne connaissait personne susceptible de lui convenir.

Prétextant un appel urgent, Valentine profita du silence provoqué par ses derniers mots pour s'éclipser. La tension palpable rendait l'atmosphère irrespirable. Il lui était impossible de rester dans le salon une seule seconde de plus, elle avait besoin d'oxygène et vite. Au moment même où elle alluma son portable, la douce sonnerie la prévenant d'un appel retentit, sans calmer ses nerfs pour autant. Encore sous le coup de la colère, elle hurla un oui à l'adresse de son interlocuteur.

- Je tombe mal. Puis-je te rappeler plus tard ?

- Frédéric ! s'extasia Valentine qui venait de reconnaître la voix qui lui parlait.

- Oui, c'est moi. Je suis désolé de te déranger pendant tes congés, mais…

- C'est à moi de l'être. Mon comportement est aussi inadmissible que celui de ma sœur. S'excusa-t-elle d'une voix pleine de douceur.

- Laquelle ?

- Clothilde. Elle essaie de me caser avec un cas social, mais rassure-toi je compte me venger.

- Te caser, tu veux dire… s'inquiéta-t-il soudain.

- L'épouser… Quand je dis cas social, j'exagère quelque peu. Il est avocat au barreau de Paris.

- Elle veut que tu l'épouses ? répéta-t-il affolé

- Oui, elle pense que c'est un bon parti, mais ce projet n'a aucune chance d'aboutir.

- Tant mieux dit-il dans un souffle

- Pardon ?

- Euh… oui tant mieux que ce ne soit pas mon appel qui t'importune.

- Tu ne me déranges pas, bien au contraire. Je suis désolée de t'ennuyer avec mes histoires.

- Tu ne m'ennuies pas du tout. Nous devons d'ailleurs combattre le même type de fléau : des sœurs. La seule différence c'est que je suis un homme et que par conséquent il me suffit d'élever la voix pour leur faire peur.

Valentine rit de bon cœur. Tout en poursuivant sa discussion avec Frédéric, elle s'était instinctivement dirigée vers un banc placé sous le tilleul du vaste jardin. Elle appréciait particulièrement cet endroit et s'y réfugiait chaque fois qu'elle ressentait le besoin de se ressourcer.

- Dis à ta sœur que tu as rencontré quelqu'un… tenta-t-il pour la tester.

- Ce sera pire encore, elles vont louer un appart en face du mien pour m'espionner.

- Non, elles n'oseraient tout de même pas aller jusque-là ? Ceci dit, les miennes demanderaient à mon père quelques tuyaux pour gérer une filature digne d'un professionnel.

L'humour de Frédéric ne laissait pas Valentine indifférente. Quant au jeune homme, il ne cessait de penser à son amie d'enfance et prenait peu à peu conscience qu'elle prenait, contre sa volonté de plus en plus de place dans son cœur. Bruno avait peut- être raison en fin de compte, il était bel et bien tombé amoureux. Avant de raccrocher, Valentine lui avait dit « je t'embrasse ». Si seulement c'était vrai…

Valentine constata que Marietta avait tenté de la joindre. Le message laissé par son amie la fit rire aux éclats. Finalement la journée n'était pas si mauvaise pensa-t-elle.

Quand elle retourna dans le salon, l'invité prenait congé. Valentine n'avait pas l'ombre d'un remords, ni pour son attitude ni pour ses paroles aussi blessantes soient-elles. Elle se demanda si Clothilde s'était confondue en excuses auprès de Mr Parfait. Jean-Raoul, présent lors de cette réception non improvisée, raccompagna son collègue jusqu'à sa DS4 garée sur le bas-côté du trottoir. Dès que ce dernier fut hors de vue, il réprimanda de nouveau son épouse, lui faisant promettre de ne plus jamais se mêler de la vie amoureuse des autres, et surtout pas de celle de Valentine. Ce genre de situation pouvait nuire à sa carrière professionnelle.

- Je te rappelle que je côtoie André chaque jour et que des retombées aussi bien désagréables qu'inattendues vont surgir d'un moment à l'autre. On ne se moque pas impunément d'un avocat ma chère. Nous sommes mariés sous le régime de la communauté, c'est le seul point qui me console figure-toi, tu en subiras également les conséquences.

Clothilde voulut intervenir, mais Jean-Raoul l'en empêcha d'un signe du doigt avant d'ajouter :

- Ne me dis surtout pas que Valentine a exagéré, car la seule fautive dans cette histoire, c'est toi !

Clothilde avait perdu toute son assurance. Elle acceptait de prendre une part de responsabilité certes, mais Valentine aurait tout de même pu se comporter avec élégance. Désemparée, elle ne savait pas de quelle manière elle allait pouvoir s'extirper de ce fâcheux incident... Son appréhension à se tenir face à Valentine dans le salon n'était pas feinte. Une fois la porte d'entrée refermée, Clothilde n'entendit plus aucun bruit. Elle se demanda où pouvait bien être sa sœur. Jean-Raoul avait disparu. En appelant son fils, Clothilde sut que son mari était avec Benjamin pour l'aider dans ses devoirs. Quant à Valentine, elle la retrouva dans la cuisine en train de mettre les tasses à café dans le lave-vaisselle. C'est en silence qu'elle se joignit à elle en rangeant le thé ainsi que les petits gâteaux restants. Vint alors se présenter Benjamin, qui, selon ses dires, mourait de faim. C'est à Valentine qu'il s'adressa pour lui préparer un petit sandwich suffisamment consistant pour nourrir un adolescent. Valentine s'exécuta avec plaisir et profita de l'occasion pour entamer une discussion. Cela tombait bien, car Benjamin avait des projets de carrière qu'il comptait justement partager avec sa tante.

- On a bien un conseiller d'orientation au collège, mais vois-tu, son truc ce n'est pas de prendre en considération tes souhaits, mais de te faire passer des tests.

- J'imagine parfaitement ! C'est le journalisme qui t'intéresse, me semble-t-il. Qu'est-ce qui te plaît dans ce métier ? Tu connais quelqu'un qui travaille dans cette branche ?

- Non...personne. Je suis d'un tempérament curieux et j'aime bien écrire, donc, écouter les gens et transcrire mes observations serait une activité dans laquelle je ne risquerai pas de m'ennuyer. Évidemment ça dépend des gens ! Les prolos qui se prennent pour des bobos, comme ceux qui ont composé 90% des invités du mariage d' »Émilie pas jolie » non merci ! Autant il était hors de question que je participe à cet évènement autant aller au Salon du livre me ferait super plaisir. Maman m'a promis de m'y emmener cette année. Elle s'y rend tous les ans dans le cadre de son travail de traductrice. Beaucoup de journalistes littéraires devraient être présents, c'est la raison pour laquelle je pense qu'il est indispensable que je m'y rende. Tu sais, Tante Valentine, je vais faire un stage découverte cette année, cela fait partie intégrante du cursus scolaire. Papa pourrait me prendre dans son cabinet, mais…

Jean-Raoul ferma les yeux, vu ce qui venait de se passer cet après-midi, il préférait ne plus mêler sa vie privée et sa vie professionnelle. Il s'interrogeait sur le bien-fondé de faire participer sa charmante épouse au prochain apéritif dînatoire donné à l'occasion des fêtes de fin d'année.

-… je préférerais faire mes premiers pas dans le milieu littéraire chez un des éditeurs de presse, du style LIRE ou pourquoi pas LE FIGARO. Si j'étais une fille, je filerais directement déposer ma candidature chez ELLE, histoire d'être au taquet sur les dernières tendances coiffures et gossips en temps réel afin d'être la mieux informée de tout le collège. Mais je suis un mec conclut-il d'un sourire malicieux.

- Figure-toi que je ne suis jamais allée au Salon du livre ! Alors, si ta mère n'obtient pas l'autorisation de t'emmener avec elle, moi je suis partante pour t'y accompagner.

- T'entends maman ! cria-t-il fou de joie. En plus, Valentine est tellement jolie que tous les journalistes lui fileront leur carte professionnelle dans l'espoir qu'elle les rappelle ! Et puis qui sait, il y en aura peut-être un qui te plaira ajouta-t-il en regardant l'intéressée.

La répartie totalement inattendue de son neveu engendra un bien curieux mélange, une gêne momentanée suivie de grands éclats de rire.

Clothilde sourit malgré tout et remercia sa sœur. Elle était si gentille, si prévenante et pleine d'attention. Ce serait une épouse formidable et une mère parfaite. Son célibat est un véritable gâchis.

Bien que l'atmosphère fût plus détendue grâce à l'intervention de Benjamin, Clothilde encore sous le choc, composa le numéro de téléphone de sa mère pour trouver un peu de réconfort. Comme toute maman, Emma l'écouta et la rassura quant au bien-fondé de sa démarche. Néanmoins, elle lui renouvela le fait, que le thème du couple est un sujet tabou pour Valentine et que par conséquent, même si son intention était bonne, c'est un jeu auquel il n'aurait pas fallu jouer. Emma préféra par contre lui cacher son inquiétude quant à la non-réaction de sa fille cadette. Valentine n'était pas du genre à passer l'éponge facilement, soit celle-ci ruminait sa vengeance, soit elle cachait quelque chose… Après avoir raccroché, Emma réfléchit longuement à ces deux options sans pouvoir éliminer l'une des deux.

Pendant ce temps chez les enfants d'Emma, la tension n'avait pas vraiment diminué entre les adultes. Benjamin, étudiant dans sa chambre au moment des faits, n'avait aucune idée de ce qui venait de se dérouler au sein de son home sweet-home et avait attribué le silence inhabituel à une fatigue passagère de ses aînés. Plein d'enthousiasme, il anima à lui seul la soirée. Puisque ses parents restaient vagues dans leurs réponses quand il les interrogeait, il se tourna vers sa tante qui contrairement à eux, se montrait attentive et disponible. Et, puisque Valentine ne pouvait faire les choses à moitié, elle consacra toute la fin de soirée à surfer sur le web avec son neveu pour l'aider dans la sélection des parcours correspondant à ses ambitions professionnelles.

- C'est juste une base de réflexions, car dès ton entrée en terminale, voir même peut-être dès la première, il faudra tout réanalyser. Des écoles spécialisées ouvrent, des cursus se créent au sein des universités, il faudra donc redéfinir un parcours et construire un plan A, mais également un plan B qui tiendra lieu de plan de secours.

Avant d'aller se coucher, Clothilde chercha une fois encore un peu de réconfort non pas auprès de son mari, mais auprès de sa plus jeune sœur qui contrairement à leur mère aborda la non-réaction de Valentine.

- Occulter totalement cet « incident, » n'est pas cohérent avec sa personnalité, analysa Delphine inquiète.

- Tu crois vraiment qu'elle nous cache quelque chose ?

- Tu veux dire quelqu'un ? Non, je ne pense pas. Elle nous l'aurait dit…Non ?

- Et devoir répondre à nos milliards de questions ?

- C'est normal que l'on s'intéresse à sa vie, c'est notre sœur !

- Évidemment, mais …

- Elle aurait quelqu'un ? Qu'a-t-elle fait depuis ?

- Elle a organisé le futur parcours scolaire de Benjamin.

- C'est du Valentine tout craché. Ceci dit ton fils a 15 ans, c'est le moment de commencer d'y penser. Tu vas en parler à maman ?

- Déjà fait. Mais je ne veux pas l'inquiéter plus qu'elle ne l'est déjà.

- Je m'arrangerai pour la voir dès son retour sur Paris.

Avant de mettre fin à la conversation, Delphine promit de l'informer des nouvelles qu'elle serait susceptible de découvrir, que celles-ci soient bonnes ou mauvaises, bien entendu. N'arrivant pas à penser à autre chose et tournant en rond dans sa cuisine, Delphine prit son téléphone pour contacter sa mère et connaître son avis. Elle apprit ainsi qu'avant de se rendre chez Clothilde, Valentine avait pris un trousseau de clefs pour passer quelques jours dans leur maison de campagne. Une idée germa instantanément dans l'esprit de l'experte en marketing.

## Chapitre 12

Le lendemain de son arrivée dans la maison familiale nichée dans un hameau tranquille loin de la pollution et du brouhaha de la ville, alors qu'elle fainéantait dans un lit douillet Valentine fut soudain apeurée par des bruits suspects. Paniquée, la jeune fille tomba du lit et chercha à la hâte son portable pour prévenir la police. Quand soudain, elle reconnut les voix fluettes de ses petites-nièces, l'appeler du rez-de-chaussée puis monter les escaliers en courant dans un raffut infernal.

- On vient passer les vacances avec toi tante Valentine cirèrent-elles en cœur dès qu'elles eurent poussé la porte de la chambre de leur tante.

Ce changement de programme interpella la jeune femme, car depuis que Delphine était devenue mère de famille, elle avait atteint un niveau d'organisation digne de celle d'un amiral de l'État-Major. Avec trois enfants, dont un trublion, aucune improvisation n'était envisageable. La moindre incartade sur le plan initialement validé n'était tolérée par la jeune maman, ce qui ne gênait Stéphane en aucune manière. Il avait suffisamment de choses à gérer dans sa vie professionnelle, il laissait donc très volontiers la gestion domestique à sa compagne.

Valentine descendit les marches, précédée des filles et tomba nez à nez avec sa sœur qui portait un Antoine encore tout endormi dans ses bras. Le sourire penaud de cette dernière l'inquiéta.

Valentine sut à cet instant précis que la venue de sa sœur n'était pas anodine, restait à en connaître la raison.

- Stéphane t'a quittée ? demanda-t-elle sans préambule

- Non !

- Tu l'as quitté ?

- Non ! confirma-t-elle en modulant le ton de ta voix pour insister sur le caractère irréaliste de cette possibilité.

- Qu'est-ce que tu fais là ? poursuivit-elle comme s'il s'agissait d'un interrogatoire de police.

- J'ai eu une envie soudaine de venir ici.

- Tu as conduit de nuit ? continua Valentine toujours soupçon-neuse.

- Oui, c'est mieux avec les enfants, ils dorment je suis donc tranquille. Je suis désolée, tu voulais être au calme et les enfants sont turbulents. Je ne resterai que 3 petits jours si notre présence t'importune répondit Delphine avec une pointe d'espoir que Valentine lui accorde un délai complémentaire.

- Vous ne me dérangez pas le moins du monde. D'où te vient cette idée ? Je m'étonne de ton arrivée si soudaine, c'est tout. Es-tu sûre que tu n'as rien à me dire ?

- Si, je prendrais bien un bon café. S'il y a de la brioche, je ne suis pas contre non plus.

Si la réponse de Delphine amusa Valentine, elle ne la rassura pas pour autant. Sentant sa sœur scruter attentivement le moindre de ses gestes, Delphine évita intentionnellement de croiser le regard inquisiteur de sa sœur de peur de se trahir. Le métier de contrôleur de second niveau qu'exerçait Valentine lui avait permis d'améliorer les techniques d'interrogatoire. La clef de la réussite consistant à poser systématiquement des questions très précises et très cash. Une règle : ne jamais laisser de place à des discours vagues qui laissaient une libre interprétation. Valentine n'aimait pas perdre son temps, elle allait toujours droit au but.

Delphine déposa Antoine sur le canapé du salon puis rejoignit sa grande sœur pour prendre une collation. Autant Clothilde donnait systématiquement une image d'elle très sûre, autant Delphine avait du mal à cacher ses émotions, surtout l'inquiétude. Valentine n'était pas dupe, il se passait quelque chose. Mais quoi ? À elle de le découvrir.

Une fois le petit déjeuner achevé, Valentine accepta la proposition de sa sœur d'en effacer toutes traces. Pendant que la jeune maman s'affairait au rez-de-chaussée, Valentine s'éclipsa au premier étage pour troquer son pyjama contre un jean et un sweat. Une fois prête, elle jeta un œil derrière la porte de sa chambre pour vérifier qu'aucune oreille indiscrète n'était cachée derrière, puis elle referma celle-ci délicatement afin de limiter le bruit. Elle saisit son portable et fit défiler sa liste de contacts enregistrés jusqu'au nom de sa sœur aînée. Bien que toujours en colère après elle, elle aurait préféré échanger avec sa mère, mais se fit violence pour le bien de sa mère maman. Valentine ne voulait pas l'alarmer inutilement étant donné qu'elle n'avait pas la moindre preuve solide pour étayer ses soupçons de séparation.

Quand Clothilde vit le nom de Valentine s'afficher sur son NOKIA, elle crut qu'un terrible drame venait de se produire. Le long monologue de sa sœur ne la rassura qu'en partie. Elle était d'autant plus inquiète, que Delphine, avec qui elle s'était entretenue la veille au soir n'avait pipé mot de ce projet. Pour des raisons évidentes, Clothilde ne pouvait pas mentionner ce point à son interlocutrice. Quelque chose s'était donc forcément passé entre le moment où Delphine et elle s'étaient parlé et le moment où Delphine avait pris ses enfants pour les emmener à la campagne. Mais quoi ?

- Elle me dit que tout va bien, mais je sais qu'elle ment et je ne vois qu'une seule explication : un problème de couple. Quelque chose de sérieux pour qu'elle se pointe à l'improviste et débarque en pleine nuit ! Et elle ne dit rien ! Je suis inquiète, sincèrement inquiète.

- Calme-toi. Je vais l'appeler pour tenter d'en savoir un peu plus. Ne préviens surtout pas maman, elle a bien d'autres soucis.

- Je l'ai vue avant de venir chez toi, elle se portait comme un charme. Que se passe-t-il ?

- Rien d'important ! Pas de panique ! Clothilde grimaça, elle venait de faire une bourde. Il fallait réagir rapidement, Valentine avait un radar pour pister la moindre faille dans un discours. Maman s'était plainte il y a quelques semaines qu'elle était débordée et qu'elle avait dû renoncer à plusieurs conférences.

- Les conférences dédiées aux séniors ? Elle m'avait dit qu'elle ne souhaitait plus y participer ?!?! Qu'il s'agissait d'une réelle perte de temps ?

Clothilde ne savait plus comment se dépêtrer de ce mensonge.

- Elle t'en parlera mieux elle-même. Revenons-en à notre sœur.

Je l'appelle dans 10 minutes, le temps de trouver une excuse plausible. Je te rappelle ensuite pour débriefer.

Ce qu'elle fit. Delphine avait pris l'initiative de débarquer sans crier gare, et ce, contre l'avis de son mari. L'objectif était simple : vérifier si Valentine était seule ou accompagnée. Clothilde, mal placée pour lui faire une quelconque remontrance, se permit tout de même de lui signaler que bien que l'idée soit excellente, Valentine, loin d'être dupe avait flairé quelque chose.

- Ma chère, on lit en toi comme dans un livre ouvert. Valentine est inquiète et suspecte une rupture entre Stéphane et toi. Le mieux est de la laisser tranquille, si elle a quelqu'un elle sera bien obligée de nous en parler à un moment ou à un autre. Notre sœur est intelligente, elle choisira quelqu'un de bien. Sois prudente fini par dire Clothilde, je dois t'abandonner et avancer sur la traduction d'un livre d'un auteur anglais encore méconnu en France, mais promu à un bel avenir.

Comme convenu, Clothilde rappela Valentine afin qu'elle cesse de s'inquiéter inutilement. Delphine lui aurait dit que seul un petit voyage à la campagne aurait raison de la fatigue accumulée depuis des mois. Ce que Clothilde ignorait c'est que Valentine avait profité de cet interlude téléphonique pour interroger les jumelles. Ainsi, elle avait appris que Delphine avait débarqué chez sa belle-mère en fin de soirée, qu'elle avait dormi sur place quelques heures à peine, car toute la petite famille était partie alors qu'il faisait encore nuit.

- Papa était là avait précisé Iris. D'ailleurs, il était un peu fâché. S'il n'est pas avec nous en vacances, c'est par ce qu'il a trop de travail. Mais maman, elle voulait partir quand même, Papa aurait préféré que l'on reste avec lui.

- C'est lui qui l'a dit ? questionna Valentine

- Non, mais il a dit à maman « Ton idée est stupide. Ne compte pas sur moi. »

- Ah bon s'exclama Valentine de plus en plus interrogative, mais pleine d'espoir d'en apprendre un peu plus.

- Il a dit de te faire un bisou.

Et c'est à cet instant précis qu'Antoine débarqua dans le patio. C'est à lui que revenait cette tâche ! Il avait complètement oublié ! Après avoir somnolé presque trois heures, le petit garçon retrouva son dynamisme habituel. Pour quelques jours au calme à se ressourcer, c'était raté !

Valentine trouva le compte rendu de sa grande sœur trop succinct pour être tout à fait honnête, elle décida donc de garder pour elle le fruit de son enquête de terrain. Après quelques minutes d'hésitation, elle décida de joindre Stéphane. Le discours de ce dernier la rassura définitivement. Mener de front son rôle de mère et sa carrière en marketing devenait trop lourd pour Delphine. Stéphane souhaitait que sa femme négocie un avenant avec la RH qui lui permettrait de modifier la durée de son temps de travail. Le 4/5 qu'elle assure actuellement n'était plus en adéquation avec ses réels besoins, un mi-temps serait plus adapté. Cela lui permettrait de conserver une activité professionnelle et de rester « updatée » quand elle aura la possibilité de reprendre son activité à temps complet. Delphine tient à tout prix à conserver son 4/5, le cas contraire, elle risquerait de perdre certains gros dossiers disait-elle.

- C'était notre seul sujet de dispute ! Antoine, bien qu'adorable, requiert une énergie bien supérieure à celle que Delphine est en mesure de fournir. Ce séjour à la campagne ne peut que lui être que bénéfique. J'étais contre effectivement, car je ne pouvais en aucun cas l'accompagner. Si Emma ne l'avait pas informée que tu étais sur place, Delphine ne s'y serait jamais aventurée seule. Je suis étonnée qu'elle ne t'ait pas envoyé un texto mentit-il. En partant avant la levée du jour, elle misait sur l'heure biologique des enfants, Antoine était sûr de dormir et par conséquent de ne pas poser ses innombrables questions pendant le trajet.

- Me voilà rassurée répondit Valentine en soupirant. J'ai très bien fait de t'appeler. Merci beaucoup !

Après avoir raccroché, Stéphane était plutôt fier de son discours. Il envoya un SMS à sa femme pour l'informer de l'initiative de Valentine afin que la première se tienne sur ses gardes pour ne pas remettre en cause sa performance verbale.

En raison de l'imprévu, point d'origine de la succession de soucis, les heures de la matinée défilèrent sans que l'une des deux adultes n'en prenne conscience. Les enfants déclenchèrent le signal d'alarme à 13H passées, via la question suivante : « Quand est-ce qu'on mange ? »

Valentine, dont le programme initial consistait à faire quelques courses dès le lendemain matin de son arrivée avait dû, vu les circonstances, y renoncer. N'ayant pas les ingrédients de première nécessité pour préparer un repas convenable, les jeunes femmes décidèrent d'aller se rassasier dans l'unique restaurant du village. Les adultes souhaitèrent déjeuner sur place, mais Antoine et les filles, apeurés par les villageois dont les voix portaient fort, insistèrent pour rentrer rapidement à la maison. Iris qui avait vu sur la carte que l'option plat à emporter était proposée l'indiqua à sa mère. C'est donc loin de toute nuisance sonore et en famille, seulement, que la petite troupe prit son repas de la mi-journée. Antoine, comme à son habitude, monopolisa la conversation. Il voulait tout savoir, surtout sur ce qu'étaient les trucs verts trop petits pour être des haricots qui parsemaient son poulet rôti.

L'après-midi, Delphine resta à la maison et passa son temps à bouquiner tout en veillant sur ses enfants tandis que Valentine se rendit dans le supermarché le plus proche situé à un quart d'heure en voiture.

N'ayant pas préparé de liste spécifique, la jeune femme se laissa guider par les offres du moment. Une barquette de cabillaud frais format familial la séduit. Antoine n'allant pas forcément être emballé par la perspective de voir du poisson dans son assiette, sa gentille tante mit également un pack de pommes de terre dans son cadi avec l'idée de préparer des frites comme accompagnement. Elle prit également un poulet à cuire puis des lentilles, qu'elle reposa aussitôt, certaine qu'il y avait déjà plusieurs boîtes de conserve de cet aliment dans le garde-manger. De mémoire, elle se souvenait que les stocks de féculents étaient largement suffisants, Emma veillant particulièrement à ce point. Valentine peu habituée à faire les courses pour 5 personnes était hésitante sur les proportions. Au rayon fruits et légumes, elle sélectionna un panachage de produits de saison suffisant pour contenter tout le monde et respecter non pas les 5 éléments par jour, mais au moins trois. Avant de passer à la caisse, elle fit un petit détour dans le rayon surgelé, car des vacances sans glace au chocolat, ce n'était pas vraiment des vacances.

Les enfants jouaient dehors quand la voiture de Valentine s'approcha du large portail en fer forgé. Les jumelles quittèrent leur corde à sauter et coururent ouvrir afin que leur tante n'ait pas à descendre de voiture. C'est Antoine par contre qui déclencha l'ouverture du coffre de la voiture, à présent il savait le faire tout seul. « Je ne suis plus un bébé, mais un grand garçon maintenant » disait-il chaque fois que l'occasion s'offrait à lui. Les jumelles aidèrent leur tante en portant chacune la lanière d'un gros sac tout en tentant de deviner son contenu. Antoine devançait ce petit monde, car il fallait bien que quelqu'un ouvre la porte de la maison, puis celle de la cuisine. Le déballage provoqua quelques cris de joie surtout quand le bac de glace fut extrait du sac. Étant donné que le goûter serait servi dans moins de 5 minutes, il fut convenu à l'unanimité que ce fabuleux dessert serait entamé sans tarder.

En allant rejoindre Delphine dans le salon, Valentine manqua de tomber à cause des petites voitures qu'Antoine avait disséminées aux quatre coins de la pièce. Delphine, qui s'était installée sur le sofa situé devant la fenêtre avec vue sur l'entrée de la bâtisse, s'excusa du désordre et promit de demander à Antoine de ranger ses jouets dès qu'il pointera le bout de son nez. En l'absence de sa sœur, elle avait tenté de lire quelques pages d'un roman sans réellement pouvoir se concentrer. La partie imagination du cerveau de Delphine tentait de décortiquer le moindre fait et geste que la partie mémoire avait enregistré depuis la première seconde de son arrivée surprise.

Valentine se laissa tomber dans un fauteuil club marron foncé qu'elle affectionnait particulièrement. Elle l'avait acheté il y a de cela 10 ans, mais s'en souvenait comme si c'était hier. Ce jour-là, Valentine accompagnait Delphine enceinte des jumelles. À l'annonce de sa double grossesse, cette dernière avait voulu voir ce que les grandes enseignes proposaient pour répondre aux besoins des familles « *2 ». Se sentant fatiguée au beau milieu d'un parcours visiteur, elle s'était assise sur le premier siège venu, Valentine l'avait imité. Confortablement installée, Valentine regardait les fauteuils disparates proposés droit devant elle. Son regard revenait sans cesse sur un fauteuil. Il lui plaisait beaucoup. Elle se leva donc pour le voir de plus près et l'essaya. Quelques minutes plus tard, un magasinier l'aidait à le mettre dans le coffre de la voiture. Valentine avait décrété que ce fauteuil serait le sien et l'avait apporté à la campagne décrétant qu'il n'y avait que là, qu'elle avait réellement le temps de décompresser.

Les traits tirés, l'air soucieux, Delphine semblait n'être plus que l'ombre d'elle-même. Les filles d'Emma étaient si proches qu'elles avaient un don d'empathie les unes envers les autres et en ce moment, Valentine ressentait l'inquiétude de sa sœur, néanmoins quelque chose dans son attitude la gênait... quelque chose d'indéfinissable. Delphine était lasse, certes, épuisée, certes, mais tout de même pas au point de tout laisser tomber du jour au lendemain.

Sans prononcer un seul mot, les deux sœurs s'observaient, avec une intensité telle, que cela créait un climat ambigu. Soudain, la sonnerie du portable de Valentine retentit et à cet instant précis, la jeune femme perçut la réaction furtive de sa sœur.

Les 30 secondes où Valentine s'était isolée pour répondre à l'appel ont engendré des interrogations auxquelles Valentine aurait préféré ne pas être confrontée. Le point positif de cette histoire, c'est qu'elle avait pu mettre le doigt sur le « quelque chose d'indéfinissable ».

- Tu mets un point d'honneur à ne jamais allumer ton portable pendant tes congés, prononça la jeune maman tout en regardant l'intéressée droit dans les yeux comme si celle-ci était sa fille et non sa grande sœur.

- Delphine ! Tu sais bien que je l'allume dès que je prends la voiture. En cas d'accident grave, les secours seraient prévenus plus rapidement. Normalement je l'éteins en rentrant.

- Tu ne l'as pas éteint là, je vois qu'il est toujours allumé, rétorqua l'investigatrice en regardant le NOKIA que sa sœur tenait encore à la main.

Comment mentir à sa sœur sans effet secondaire ? Valentine se demanda si une maison d'édition avait publié un guide à cet effet. Pas facile de raconter des cracks quand on manque d'entraînement d'autant plus quand on estime que la meilleure chose à dire c'est la vérité, toute la vérité et rien que la vérité. Mais voilà, Valentine n'était pas prête à prononcer le discours suivant à sa petite sœur bien aimée : tu te souviens de Frédéric ? Mais si voyons ! Le fils de Marie-Edith et Charles ! Les amis de maman ! Eh bien figure-toi que ma boîte a fait appel à lui pour mettre en place un nouveau logiciel. On s'est rapproché… en quelque sorte… D'après Marietta, la secrétaire de direction, ma copine, celle qui est pleine de bons sens et qui a un instinct infaillible, Frédéric aurait un petit faible pour moi, voire même un très gros faible… pour faire simple, il serait à deux doigts de me demander en mariage.

Mais pour cette fois, toute vérité n'était pas bonne à dire. Alors Valentine détourna son regard à peine quatre secondes, histoire de stocker suffisamment d'énergie pour prononcer, avec une parfaite indifférence, un très vilain mensonge tout à fait crédible.

- J'ai décidé de redéfinir mes principes. Je me suis rendu compte que j'avais tort poursuit-elle d'une voix calme et posée. De plus, nous n'avons pas de téléphone ici et personne ne peut me joindre en cas de problème. Ce n'était donc pas une bonne idée

97

d'agir ainsi. Il m'a fallu des années pour en prendre conscience… Je regrette de ne pas vous avoir écouté sur ce sujet, toi, maman, Clothilde et tous les autres, réussit-elle à prononcer avec une telle conviction qu'elle eut soudain peur d'elle-même.

Elle s'en sort bien la chipie pensa Delphine. Cette excuse anodine était bien trop parfaite pour être honnête. Delphine était à présent persuadée que Valentine avait un homme dans sa vie. Était-il prévu qu'il la rejoigne ? Un simple SMS indiquant que leur plan tombait à l'eau aurait dû suffire. À moins que les amants aient prévu de se voir en cachette et que par conséquent Valentine attendait un signe d'un instant à l'autre.

La jeune femme regretta amèrement de ne pas avoir minuté le temps que Valentine avait passé à faire les courses. Quelle mauvaise détective je fais maugréa-t-elle tout en envoyant un SMS très explicite à l'aînée de la famille : « Elle a quelqu'un. Impossible de lui faire avouer.» Clothilde prit connaissance du message instantanément et conseilla dans la foulée la prudence la plus extrême. Elle insista également sur un autre point et non le moindre : pas un mot à maman, elle va s'emballer et Valentine va comprendre notre petit manège. Têtue comme elle est, elle va se braquer et ne laissera filtrer aucune information.

## Chapitre 13

Les vacances s'achevèrent et chacun rentra chez soi avec son lot de suspicions et de doutes, exception faite des enfants qui imperméables à toutes les histoires « de grands » avaient su profiter à 100% des jours de congés s'offrant à eux. Iris, Capucine et Antoine étaient enchantés d'avoir été sous le même toit que Valentine, car comme aimait le dire Antoine, « Tante Valentine elle a toujours des idées pour s'amuser quand je n'ai plus en envie de jouer ».

De retour sur son lieu de travail, Valentine se rendit directement dans le bureau de Marietta. N'ayant pas eu l'opportunité de contacter son amie avant sa reprise de service, trop débordée à gérer ses moindres gestes ou paroles pouvant éveiller des soupçons dans la tête de sa petite sœur improvisée détective, les deux amies avaient beaucoup de choses à partager. Dès que Marietta vit son amie, elle stoppa net la tâche sur laquelle elle s'affairait et demanda sans autre forme d'introduction quelle date avait été fixée. Marietta tenait à être soit demoiselle d'honneur, soit témoin, voire même les deux si possible. Après tout, c'était elle le premier témoin de la lueur qui brillait dans les yeux de Frédéric dès qu'il les posait sur Valentine.

Bien entendu elle serait ravie d'apporter son aide pour l'organisation du mariage, en tant que secrétaire de direction, l'évènementiel n'ayant pas de secret pour elle. Concernant la robe de mariée, l'une des pièces maîtresses d'un tel évènement, la jeune femme avait déjà quelques idées à soumettre.

- « Regarde celle-ci, elle devrait te sublimer » dit-elle en sortant d'un tiroir un exemplaire du magazine mariage. Des marque-pages de toutes les couleurs étaient scotchés et Valentine constata avec amusement que certaines marges étaient même annotées. Devant cette déferlante de propositions, Valentine ne put placer un seul mot. L'enthousiasme de Marietta était débordant, passionnée, on aurait dit qu'elle potassait le sujet depuis plus d'un mois ! En fait, la jeune femme avait tout planifié de A à Z, ne manquaient plus que les essayages...  Quand cette charmante organisatrice laissa enfin à Valentine la possibilité de s'exprimer, elle apprit qu'effectivement, Frédéric l'avait jointe par téléphone pendant ses congés. Elle apprit également dans quelle circonstance l'échange eut lieu.

- Lui as-tu donné la raison de ta mauvaise d'humeur ?

- Oui.

- Et ? voulut-elle savoir.

- Il a répondu « tant mieux ».

Marietta poussa un cri strident qui signifiait « absolument génial ». Un membre de l'équipe informatique passa devant le bureau au même moment et surpris par le bruit, vint à leur rencontre pour connaître la raison d'une telle réaction.

- N'aie aucune inquiétude, tout va pour le mieux. J'ai simplement accentué l'immense plaisir que j'ai d'être au bureau ce jour. Et toi comment ça se passe à l'informatique ? bifurqua-t-elle.

- Rien de spécial. On devait commencer la phase tests du logiciel ce jour, mais Frédéric étant absent, on a préféré reporter.

Les filles croisèrent leur regard. Elles ne s'attendaient pas à cette remarque. Ainsi Frédéric n'était pas là.

- Prendre du retard n'est pas une bonne idée tenta Valentine afin de savoir si elle reverrait Frédéric très bientôt.

- Il vient demain, ça va le faire.

Oui, se dit Valentine pour elle-même, « ça va le faire ». Elle remplit une tasse d'eau chaude pour boire un thé et se dirigea en direction de son bureau. En consultant sa boîte mail profession-nelle, elle constata que l'intéressé lui avait envoyé une proposition de déjeuner pour le lendemain. Elle accepta. Hélas, le lendemain Frédéric dut décommander, un imprévu professionnel, précisa-t-il auquel il ne pouvait se soustraire. Informée de cette déconvenue, Marietta la rassura, précisant que l'attente ne fait qu'accroître le dé-sir et constata que l'occasion était parfaite pour déjeuner juste entre filles.

Comme dans tout restaurant proposant un bon rapport quali-té-prix, trouver une table pour deux dans le créneau 12H-13H tenait du miracle et la journée d'aujourd'hui était sans. La serveuse proposa de partager une table pour quatre avec deux hommes qui selon toute apparence attendait leur commande.

Marietta, dont le sourire avenant ne pouvait laisser indifférent qu'un nombre limité d'hommes célibataires, ou non, trouva sans le vouloir quelqu'un prêt à lui prodiguer des conseils. Hésitant entre deux plats, le charmant costume-cravate à la chemise blanche im-maculée assis à ses côtés l'encouragea à sélectionner le plat qu'il avait lui-même commandé. Marietta jeta un œil vers l'assiette qui venait tout juste d'être servie et se dit qu'effectivement elle se lais-serait bien tenter. À l'aise dans l'art de la conversation, l'homme poursuivit son discours tout en laissant à la séduisante créature qu'il avait le privilège d'avoir si près de lui, mais pas encore assez à son goût, le soin de s'exprimer. Valentine, un peu déçue par son retour de vacances non conforme avec l'idée qu'elle s'en était faite, aurait pu sembler froide à quiconque ne la connaissait pas, mais la verve de ces impénitents séducteurs avait apporté un peu de bonne humeur, ce qui permit à la jeune femme de s'épanouir tout doucement, si bien que quelques minutes plus tard, Valentine était redevenue elle-même : chaleureuse et pleine d'esprit.

Absorbée par l'ambiance sympathique la jeune femme ne prêta attention ni aux personnes déambulant dans la rue ni à l'homme qui quittait le restaurant haut de gamme situé sur le trottoir d'en face.

Ce dernier en revanche resta pantois quelques instants quand il constata que sa charmante belle-sœur s'amusait en galante compagnie. L'expression du visage de la jeune femme était sans équivoque, elle prenait du bon temps. Surpris, il avait failli au bon usage de sa profession en laissant le client qui l'accompagnait passer au second plan. Un raclement de gorge de ce dernier le rappela à l'ordre. Un mot d'excuse plus tard, les deux hommes se quittèrent sur une promesse de reprise de contact suivie d'une poignée de main. Le dos tourné, Stéphane n'avait pu, à son grand regret être témoin de la manière dont sa belle-sœur avait pris congé des autres.

Si les femmes longèrent la rue pour rejoindre le boulevard, les hommes quant à eux poursuivirent leur route en sens inverse. Stéphane les aperçut se faufiler entre les voitures pour traverser. En accélérant le pas, il se dit qu'il aurait l'opportunité d'atteindre leur hauteur dans un bref délai et pourrait peut-être entendre le débriefing, en partie du moins, de leur entrevue. La chance était avec lui puisque le feu passa au vert au moment même où les trois hommes atteignirent le passage piéton.

Les paroles prononcées ne laissaient place à aucune ambiguïté. Chacun avait une préférence pour l'une des filles. Celui qui avait jeté son dévolu sur Valentine se vantait de son talent de séducteur.

- L'affaire est dans le sac. Elle est conquise. Je peux déjà programmer une opération bed and breakfast avec ma jolie Valentine le prochain week-end. Il faut prendre modèle sur les calendriers, poursuivit l'inconnu, une par mois et jamais la même précisa-t-il comme s'il s'agissait d'un fait établi. C'est la seule règle à suivre avec ces faibles créatures.

L'autre approuva d'un signe de tête.

Faible créature, le terme n'était guère adapté à Valentine. Abasourdi Stéphane ne sut quoi penser. Delphine était convaincue que le cœur de sa grande sœur n'était plus à prendre. La demoiselle aurait-elle pu tomber sous le charme de ce serial tombeur ? Un type qui transpirait la prétention et l'orgueil… Non… c'est inconcevable. Valentine abhorrait le style bon chic bon genre à tel point qu'elle considérait le costume cravate comme une grave faute de goût. Ceci dit, ce ne serait pas la première célibataire à tomber dans les griffes d'un mauvais garçon. Une réflexion plus poussée lui procura néanmoins un peu d'espoir : Valentine était venue accompagnée à ce rendez-vous et, selon toute logique, si la jeune fille avait jeté son dévolu sur cet homme elle y serait allée seule…

Le soir venu, Stéphane révéla, non sans appréhension, sa terrible découverte à son épouse. Le visage de cette dernière se couvrit de larmes tout au long de son témoignage. Étant lui-même très inquiet, il insista lourdement sur l'impossibilité d'une liaison, telle que celle-ci, tout en cherchant à déclencher chez Delphine une parole, une conviction absolue, censée le rassurer lui-même. Mais Delphine ne réagit pas dans le sens qu'il espérait. Anéantie, Delphine était anéantie par les preuves non attaquables qui s'accumulaient. Elle n'avait qu'une seule idée en tête : éviter à sa sœur une cruelle déception et, pour mener à bien son projet, une seule action était envisageable : avertir la victime sans délai.

- Non. Le mieux selon moi serait de lui en parler ce week-end, conseilla Stéphane en lui retirant le téléphone des mains. Écoute-moi cette fois-ci s'il te plaît. On l'invite ce week-end et on en discute face à face. Ne prends pas le risque qu'elle te raccroche au nez ! Physiquement présente, elle sera obligée de nous écouter que cela lui plaise ou non. On aura les moyens de lui faire entendre raison.

Delphine accepta à contrecœur et informa Clothilde des derniers éléments en sa possession. Cette dernière se montra objective dans son analyse en signalant le fait suivant : jamais leur sœur ne s'évaderait quelques jours en compagnie d'un inconnu.

- Ils se connaissent s'insurgea Delphine ! Il connaît son prénom ! Notre sœur nous échappe totalement. Tu l'as constaté par toi-même. On doit la protéger. Clothilde, ce qui se passe est notre faute, on a tellement insisté pour qu'elle rencontre quelqu'un… On n'aurait jamais dû… Pourvu qu'il ne soit pas trop tard.

## Chapitre 14

Emma, sans nouvelles de ses filles depuis une dizaine de jours, fait inhabituel, décida de prendre les devants et composa le numéro de téléphone du domicile de sa benjamine. C'est Stéphane qui décrocha. Bien que surpris par le fait que sa femme n'est pas fait de retour à sa mère sur les quelques jours que les enfants et elle avaient passés à la campagne, il préféra n'en piper mot.

Après s'être enquis du bien-être de chacun, Emma proposa de convier l'ensemble de sa progéniture chez elle, dès ce dimanche.

- Valentine sera-t-elle là ? s'enquit Stéphane.

- Je ne l'ai pas encore contactée, mais j'imagine que oui. Étant casanière au possible elle ne quitte son domicile que pour faire ses courses et aller au travail. Elle n'a aucune vie sociale et rejette toute offre allant en ce sens à moins qu'il ne s'agisse de venir à la maison. As-tu une raison particulière de me poser cette question ? Ne me dis pas que les filles sont encore fâchées. Je sais que Clotilde a fait une grosse sottise, mais Delphine n'était pas impliquée dans cette histoire me semble-t-il ?

- Non, elle n'était même pas dans la confidence. Nous l'avons su à postériori. Par contre, j'ai désapprouvé la manière dont Delphine a débarqué à la campagne sans en avertir Valentine au préalable.

- J'ignorais que Delphine était également descendue en Vendée.

- Elle est allée rejoindre sa sœur. Une idée de dernière minute. Stéphane avait peur de trop en dire et de semer, par la même occasion, le trouble dans l'esprit d'Emma.

- Ce qui me cause quelques soucis, c'est qu'en temps normal, si je puis dire, Valentine aurait asséné Clothilde de reproches puis m'aurait contactée pour se plaindre du toupet de sa sœur. Mais, cette fois, elle m'a tenue à l'écart, attitude contrastant totalement avec son tempérament de feu. Pour ne rien te cacher, j'ai un bien mauvais pressentiment.

- Emma, faites-lui confiance, répondit Stéphane alors qu'il pensait exactement l'inverse. Vous avez toujours laissé évoluer vos filles selon leurs désirs et aucune ne vous a déçue... jusqu'à présent, ajouta-t-il pour lui-même.

## Chapitre 15

Emma dressait la table de la salle à manger quand la sonnette retentit, indiquant l'arrivée de ses enfants. Valentine, retenue chez elle suite à un gros rhume, qui semblait dégénérer, avait prévenu sa mère de son impossibilité de se déplacer ce dimanche. En apprenant ce désistement, Delphine se mit dans tous ses états. Emma comprit alors que Valentine n'était pas la seule à faire des cachotteries. Vexée, Emma rappela qu'en sa qualité de mère, elle se devait d'être informée des infortunes de ses enfants étant donné que son rôle consistait à s'occuper d'eux et ce peu importe qu'ils soient majeurs à présent. Larmoyante, Delphine concéda à Stéphane le droit de révéler l'intégralité des faits. Et encore, par égard pour sa belle-mère, Stéphane choisit de ne pas divulguer certains détails. Choquée de n'avoir pas été avertie plus tôt, Emma s'assit le teint terne et l'humeur chagrine. Après un long silence, elle réagit enfin. Non, selon elle, cela ne pouvait pas être possible. Delphine n'y tenant plus appela Valentine. Reconnaissant immédiatement la voix de sa petite sœur, la malade ne laissa pas à son interlocutrice l'opportunité d'entamer la conversation.

- Delphine, je ne me sens pas bien du tout. Je sais où j'ai attrapé froid et à cause de qui ! hurla-t-elle avec le peu de force qu'il lui restait. J'ai dû me rendre dans le bureau de Léa, le sachant, cette pétasse a éteint son radiateur. Je la hais, c'est qu'une sale peste, un kyste qui me pourrit la vie et qui pourrit l'existence de toutes celles qui croisent son chemin. Je vais la coincer sur les procédures qu'elle se croit en droit de contourner, voire d'ignorer. Je ferai ce qu'il faut pour que la seule chose qu'elle soit en droit d'espérer se limite à un bout de trottoir.

- Veux-tu que je t'apporte quelque chose, proposa alors Delphine soulagée par le discours qu'elle venait d'entendre. La rage, la fureur, la vengeance, tous les indices indiquant que Valentine était bien en possession de ses moyens… et surtout qu'elle n'était pas en week-end avec « n'importe qui ».

- Je suis épuisée. J'ai mal au crâne. Je n'ai pas eu mon quota de sommeil et je n'ai pas eu la force de faire de courses hier. Je me nourris de lentilles et des pâtes à la sauce tomate. Si tu pouvais m'apporter des restes avant de rentrer chez toi, je ne suis pas contre. Je prends des infusions et je fais des inhalations à base d'huiles essentielles. Ma boîte à pharmacie est vide… si maman a quelque chose dans ses réserves, je ne suis pas contre non plus…

- Je serai chez toi vers 14 H.

- Ça ne t'ennuie pas ? C'est vraiment gentil.

Une fois le téléphone raccroché Delphine se sentit beaucoup mieux. Elles sont parfois étranges ces petites choses qui font les grands moments. Soulagée elle appela ses enfants pour qu'ils aillent se laver les mains avant de passer à table.

## Chapitre 16

Comme chaque matin, Valentine lisait un livre pendant son trajet en transport en commun. Après un temps d'arrêt largement supérieur à la normale, le conducteur du RER diffusa un message invitant les voyageurs à descendre de voiture. Suite à un problème technique, le train était à destination des garages. Quelques grognements fusèrent, mais ne pouvant faire autrement, l'ensemble des utilisateurs obéirent. Valentine sortit de son cabas le plan des transports en commun d'Ile de France pour établir un itinéraire bis afin de poursuivre son trajet. Elle se souvint alors que Frédéric empruntait également cette ligne et pensa qu'il serait fort sympathique de sa part de le prévenir.

La sonnerie du portable de Frédéric se déclencha au moment même où il se versait une seconde tasse de café. Il pesta contre la personne qui osait le déranger de si bon matin, jusqu'à ce qu'il vit le prénom de Valentine s'afficher sur son écran. En un quart de seconde, sa grimace se transforma en un immense sourire... et des milliers de battements de cœur.

- Salut Frédéric. Je ne t'importune que pour une excellente raison : aucun train ne circule sur ta ligne et ce pour une durée indéterminée.

- Où es-tu actuellement ?

Elle lui répondit tout en patientant sur le parvis de la gare pour prendre un bus qui lui permettrait de rejoindre une autre connexion, bref son plan B.

- Il existe un plan C beaucoup mieux. J'habite à 10 minutes de cette station. Viens chez moi je t'emmène en voiture. Il lui indiqua le chemin à suivre et fila sous la douche sans prendre le temps de finir son petit déjeuner.

Quand Valentine sonna à l'interphone de l'immeuble, Frédéric achevait de boutonner sa chemise. Le sourire figé sur le visage du propriétaire de l'appartement en disait long sur son bonheur. Il demanda à son amie d'enfance de patienter quelques instants dans le salon, le temps qu'il achève de se préparer. Valentine inspecta le mobilier et constata que Frédéric partageait son goût pour le bois brut. Elle s'approcha d'un tableau dont les dimensions généreuses incitaient les visiteurs à s'attarder devant lui. Il représentait un arbre immense et sur la gauche légèrement en retrait on apercevait une femme en position assise tenant un livre. Cette œuvre ne lui était pas inconnue, mais où donc l'avait-elle vue ?

- J'adore ton salon ! Ce tableau est superbe.

- Un cadeau de Marie-Camille avant son déménagement. Je la soupçonne d'avoir voulu s'en débarrasser.

La remarque amusa Valentine.

- Eh bien tu as fait une bonne affaire alors. C'est un peintre nordique, son nom m'échappe par contre.

- Ce n'est pas moi qui pourrais te répondre.

- Je ne suis pas très bibelots, par contre, j'ai un faible pour la peinture. D'ailleurs, je suis en possession de quelques œuvres de Vermeer, Monet et de celles de peintre anglais, époque régence et victorienne. Tous ces faux ! précisa-t-elle en lui lançant un sourire et se tournant vers lui.

110

La stature imposante de Frédéric encadra la porte séparant le salon de l'entrée. Il la regardait. Il avait hâte de poursuivre la visite vers la cuisine et ce pour une excellente raison.

- Oh ! Elle donne sur une terrasse ! C'est atypique comme choix.

- Choix très personnel, je te l'accorde. La configuration initiale était d'un classique déprimant : cuisine ouverte. Et avoir conscience que le risque était immense que j'agence mon mobilier de la même façon que l'ensemble des autres copropriétaires me déprimait.

- Plus que déprimant, allergisant !

- Du coup, j'ai fait réaliser des travaux avec l'aide d'Arthur, mon beau-frère. Il est architecte. Je lui ai parlé de mon projet. Je lui ai présenté un schéma approximatif et avec sa patte d'expert il a légèrement modifié l'ensemble pour le finaliser. Dans un second temps, des artisans ont posé la nouvelle cuisine ainsi que la cloison.

Valentine s'avança vers la terrasse et apprécia la vue qui s'étendait devant elle. Tout en poursuivant son monologue Frédéric ne la quittait pas des yeux.

- Initialement il n'y avait pas d'entrée et on entrait directement dans la partie cuisine, la terrasse donnant côté salon.

- Excellent choix. Une cuisine est dînatoire avec vue sur un parc, c'est grandiose.

Valentine vit deux boîtes stockées dans un coin et déduisit qu'il comptait poursuivre ses travaux. Elle aurait bien voulu connaître ses intentions, mais n'osa pas le questionner sur ses projets en cours ou à venir. Quant à Frédéric il ne cessait de la regarder voulant interpréter le moindre signe appréciateur.

- Ça te convient ? prononça-t-il bien trop vite avant de le regretter. Elle se tourna vers lui, surprise par les mots utilisés. Il se ressaisit instantanément pour se corriger.

- Tu trouves ça bien ?

- Je rêve d'avoir un appart tel que celui-ci.

Elle lui détailla ensuite l'ensemble des points forts de cet investissement immobilier.

Frédéric appréciait le son de la voix de la jeune femme. L'aisance avec laquelle elle parlait ferait selon lui pâlir d'envie n'importe quelle présentatrice télé. Dans son for intérieur Frédéric se sentait plus léger, un souci en moins avait-il conclu suite au compte-rendu dévoilé par la jeune femme. Le sujet de l'appart était réglé, point réconfortant, car il n'avait aucune envie de déménager.

## Chapitre 17

Attendu au siège de sa société de consulting Frédéric déposa sa Valentine devant la porte cochère de la banque privée. N'étant pas informée de ce changement de planning, Valentine s'inquiétait pour avoir occasionné détour à son ami. Celui-ci tempéra la jeune femme et la réconforta lui assurant qu'initialement il avait l'intention d'utiliser les transports en commun et que par conséquent, sa mise en garde lui avait été bénéfique. En réalité, ce qu'il aurait souhaité lui dire était bien plus personnel. Mais comment trouver les mots pour avouer à la femme dont on est profondément épris que le simple fait qu'elle pense à lui est la seule chose qui l'importe, sans que ses paroles ne le desservent... Son travail l'accaparait énormément ces derniers mois, il lui sembla plus raisonnable de sa part de s'investir corps et âme dans sa vie professionnelle, le reste pouvait attendre.

L'immeuble abritant sa société était situé dans le 92 à deux pas de l'arche de la Défense. L'édifice de grande taille abritait un nombre conséquent de sociétés high-tech ainsi qu'une dizaine d'agences de consulting. Le bâtiment, de construction récente était en parfaite adéquation avec les nouvelles normes, et, si les bureaux n'avaient pas les moulures et autres vestiges du passé qui flattaient l'œil, tel que le style Haussmanien, les employés bénéficiaient en contrepartie d'un confort appréciable.

La réunion à laquelle Frédéric avait été convié allait débuter d'ici quelques minutes. Il avait prévu d'arriver dès l'aube afin de finaliser tranquillement au calme quelques points avant l'heure H.

Mais, les circonstances totalement inattendues et non moins inespérées l'avaient restreint dans ses ambitions. En contrepartie, d'autres, réjouissantes, semblaient être en bonne voie de se réaliser.

Totalement absorbé par ses pensées, Frédéric suivit la réunion d'un air détaché. Contrairement aux autres collaborateurs de l'agence, il ne prenait aucune note. Son manager peu habitué à le voir aussi peu impliqué s'inquiéta légèrement. Frédéric avait-il l'intention de les abandonner pour rejoindre la concurrence ? Afin de faire réagir son ingénieur, il l'interpella pour le tester. Au moment de donner son avis concernant une stratégie à adopter, Frédéric s'expliqua avec les mots suivants :

- La réussite n'est envisageable que si nous réagissons de manière pertinente, efficace, coordonnée et rapide.

À cet instant précis, il prit conscience que lui aussi devait suivre cette démarche. Il s'excusa, prit son portable et quitta rapidement la salle de réunion face au regard ahuri des autres participants.

Il devait joindre Valentine sans délai. Elle devait savoir... qu'elle était devenue son essentiel.

## Chapitre 18

Comme prévu, toute la petite famille fit le déplacement en Aquitaine chez Marie-Camille et Édouard. Originaire de cette région, Charles appréciait y retourner quelques jours chaque année, à l'occasion des fêtes traditionnelles. Édouard avait souhaité s'installer là-bas pour se rapprocher de son fils dont il avait la garde alternée. Quant à Marie-Camille, dont le père avait maintes fois vanté la région et pour l'avoir elle-même visitée dans son plus jeune âge, elle était partante pour s'y installer définitivement. Expert-comptable de profession, trouver un poste était chose aisée pour elle.

Heureux propriétaires d'une vieille bâtisse, Marie-Camille et Édouard avaient réhabilité une ancienne dépendance de taille modeste, pour recevoir, de temps à autre quelques invités. Cette dépendance pourrait également servir de maison d'hôte si l'un ou l'autre venait à subir un revers professionnel.

Concernant le séjour qui s'annonçait, il fut prévu que les parents de Marie-Camille investissent la chambre d'amis de la résidence principale, tandis que les frères et sœurs se partageraient l'annexe.

Frédéric était passé prendre ses parents dès l'aube à Vert-sur-Oise. Le père et le fils suivaient à la lettre les règles de préventions routières, c'est-à-dire effectuer une pause toutes les deux heures auxquelles ils avaient ajouté un critère complémentaire : le changement de conducteur.

Frédéric se montrait de bien bonne humeur, mais d'une manière différente de celle qui le caractérisait habituellement. Si Marie-Edith se contenta de se réjouir de voir son fils heureux, Charles dont l'instinct de flic prenait rapidement le pas sur celui du père se dit qu'il y avait là matière à investiguer. Tout changement brutal a sa raison, reste à découvrir laquelle. Mais, lui-même de bonne humeur, Charles préféra mettre de côté cette enquête pour profiter pleinement de son propre bonheur. Benjamin serait parmi eux cette fois-ci et rien ou presque ne pouvait lui faire plus plaisir.

Marie-Rose et Arthur les avaient devancés de quelques heures. Ils avaient préféré parcourir le long trajet les séparant de la région parisienne en TGV, et ce pour deux raisons. La première, car aucun des deux adultes n'était emballé à l'idée de conduire pendant sept heures, dans le meilleur des cas. La seconde raison concernait Eléanore, tout déplacement en voiture supérieur à 45 minutes incommodait la fillette au point que le voyage tournait rapidement au cauchemar. La publicité « A nous de vous faire préférer le train » avait trouvé écho au sein de ce couple. Le seul inconvénient consistait à limiter le nombre de bagages de ces dames…

## Chapitre 19

La dépendance de Frédéric vis-à-vis de son téléphone portable ne pouvait échapper à Quentin dont le sens de l'observation était largement développé. Il stocka cette donnée dans un coin de son cerveau sans la partager avec quiconque … pour le moment. Le dîner étant terminé depuis quelques minutes l'adolescent grimpa deux à deux les marches de l'escalier menant à sa tanière afin d'avancer sur ses devoirs.

Fatigué du trajet, le chef de famille souhaita le bonsoir à chacun jugeant qu'il était temps pour lui de se mettre au lit. Marie Édith quant à elle était si heureuse d'avoir ses trois enfants et ses deux petits-enfants auprès d'elle qu'elle n'avait aucune envie d'aller dormir et choisit par conséquent de prolonger la soirée auprès des siens.

Le lendemain matin, les uns et les autres se réunirent au sein de la spacieuse salle de vie pour savourer en commun le premier repas de la journée. Charles consulta la pendule et calcula mentalement qu'il pouvait aisément faire le tour de la propriété le temps que les femmes finissent de dresser la table. C'est une fois que tout le monde fut assis que l'on remarqua l'absence de Frédéric. Dormait-il encore ? Quentin se proposa pour aller le chercher. Rapidement de retour l'adolescent précisa que l'intéressé devait être parti, pour preuve, sa voiture avait disparu. Chacun s'observa s'attendant à ce que l'un d'eux prenne la parole pour connaître la raison de cette absence. Et, bien que la situation n'eut rien d'inquiétant en soi, une légère indisposition se ressentait. Eléanore fut la première à intervenir :

- Où peut-il bien être ?

Avant que l'un d'eux n'émette une supposition, on entendit un léger froissement de pneus et tous se ruèrent instantanément vers la fenêtre pour savoir si le visiteur était bien celui qui se faisait désirer. C'était bien lui. On le vit jouer avec ses clefs de voiture d'une main et avancer tout en sifflotant.

- Bonjour ! dit-il en ouvrant la porte avec un immense sourire. Tout le monde est réveillé à ce que je vois ? On passe à table ?

- Tu sens le café ! lui dit Eléanore, suspicieuse.

- J'ai effectivement pris un café au village. Je voulais acheter un journal, mais il ne le vende pas chez  votre marchand de journaux annonça-t-il sur un ton de reproche en visant clairement Marie-Camille. C'est tout de même incroyable !

La réponse cohérente n'éveilla aucune question subsidiaire, comme le nom du fameux journal par exemple. Ceci dit, l'odeur des brioches et des boissons chaudes qui flottait dans l'air n'incitait qu'à une chose : se restaurer.

Une fois le petit déjeuner achevé, des petits comités se créèrent en rassemblant les uns et les autres en fonction des sujets traités. De nouveau, Quentin s'éclipsa pour étudier tandis qu'Eléanore prit son livre de lecture et s'installa dans le sofa situé non loin de la cheminée où le feu crépitait.

La journée se poursuivit dans un rythme assez calme. Aux alentours de 17H30, après avoir savouré une bonne part de gâteau au chocolat, Frédéric se porta volontaire pour se rendre à la boulangerie. Il proposa à sa sœur de faire quelques courses complémentaires pendant qu'il était en ville, mais celle-ci lui répondit qu'elle avait anticipé l'ensemble des achats. Ce n'est qu'une heure et demie plus tard qu'il poussa la porte d'entrée de la maison. Personne n'avait vu le temps passer et l'excuse inventée pour l'occasion lui servira à justifier une prochaine escapade.

Le jour suivant Frédéric s'absenta également une bonne partie de la matinée prétextant qu'il avait donné rendez-vous à un collègue, de passage dans la région. L'explication un brin surfaite ne sembla pas convenir à Charles. Comment se fait-il que son fils ne mentionne ce fait que maintenant ? Il aurait tout de même pu aborder ce point au cours des 7 heures de route qu'ils avaient passées ensemble ! Charles se déplaça dans la pièce de telle sorte qu'il puisse observer son fils par l'une des baies vitrées avant que celui-ci ne disparaisse de sa ligne de mire. Il le vit passer un appel puis sourire avant d'enclencher le contact.

Charles fit un signe à Quentin, compréhensible par eux seuls avant de lui glisser les mots suivants une fois que le garçon fut à sa hauteur.

- Avance bien sur tes devoirs aujourd'hui, demain, on est en filature.

- À vos ordres commissaire répondit ce dernier à voix basse, emballé à l'idée de faire équipe avec son grand-père.

L'après-midi les hommes fendirent quelques bûches de bois tandis que les femmes s'affairaient dans la cuisine. Eléanore avait eu comme mission de couper quelques pommes golden en quartiers pour confectionner une tarte, puis elle cassa trois œufs sous l'œil attentif de sa grand-mère qui s'apprêtait à réaliser une génoise. Marie- Édith lui expliqua les différentes étapes à suivre pour atteindre le résultat souhaité.

- Une fois cuit, on attendra que le gâteau refroidisse et je le couperai en deux dans le sens horizontal. Ensuite tu tartineras l'intérieur de confiture de fraises et on refermera le gâteau. En attendant, on va préparer des cookies au chocolat, la cuisson est rapide et tout le monde sera ravi d'en manger.

Eléanore était ravie de participer à tous ces préparatifs. Quant à la recette des cookies, elle la connaissait par cœur et s'attela à cette tâche sans délai.

Frédéric rentra cette fois-ci rapidement de son excursion et passa le reste de la soirée très détendu, trop peut- être aux yeux de son père.

Le lendemain vers 10 H, Frédéric attrapa sa veste. Il informa les personnes présentes qu'il se rendait à la boulangerie. Il comptait également profiter de l'occasion pour prendre un paquet de gâteaux, typiques de la région, comme promis à ses collègues. Charles et Benjamin échangèrent un regard lourd de sens. Tout était dit. À peine la voiture de Frédéric sortait de la propriété que Charles se plaignit de ne pas avoir lu le journal depuis bien trop longtemps à son goût. Édouard lui proposa d'allumer la télévision ou de consulter internet s'il préférait, mais Charles refusa ces deux options, prétextant qu'il préférait et de loin un support papier comme au bon vieux temps.

- Mon grand je vais avoir besoin de toi dit-il à voix haute en s'adressant directement à Quentin.

- Appelle Frédéric, il sera sur place ! conseilla Marie-Edith.

- Et provoquer un accident de voiture ! Voyons quelle idée ma chère !

- Envoie-lui un SMS, il le lira en arrivant ! insista Marie-Edith

- Imagine qu'il ne le lise pas ! Je fais comment moi ?

Édouard s'éclipsa le temps de cet échange et confia à son beau-père les clefs de sa voiture. Charles était ravi de son interprétation orale improvisée. C'est sans attendre qu'il se dirigea vers le garage son petit-fils sur les talons. Marie-Edith nota à voix haute que son mari lui paraissait bien pressé et qu'il se montrait de plus en plus buté. Marie-Camille approuva.

- Mais quelle mouche l'a piqué ?

Dès qu'ils furent suffisamment éloignés de toute oreille indiscrète, le patriarche débuta sa leçon sur le thème de la filature. L'ex-commissaire de police insista sur l'importance pour tout enquêteur d'être doté d'un bon niveau de filouterie et de patience. Il faut également être apte à ne jamais éveiller le moindre soupçon et respecter systématiquement une distance raisonnable avec l'individu que l'on suit.

- Concernant notre cas poursuivit-il, sans quitter la route des yeux, j'avais une peur bleue que ta mère me propose sa propre voiture... avec son rouge flamboyant on aurait été repéré illico.

## Chapitre 20

Le territoire était organisé d'une manière telle que si le nombre d'habitants par hameau était relativement faible, le nombre de hameaux rattachés à un village était suffisamment élevé pour dénombrer une boulangerie une charcuterie ainsi qu'une petite supérette bien fournie et suffisamment bon marché pour ne pas craindre la faillite. Située non loin de Bordeaux, la ville avait quelques spécialités culinaires et une chance inouïe d'attirer des touristes tout au long de l'année en raison de son architecture pittoresque et d'un art de vivre envié par les non-résidents. Il n'est donc très courant que des vacanciers s'arrêtent le temps d'une pause et achètent par la même occasion quelques souvenirs gourmands tandis que d'autres privilégient la formule « maison d'hôtes », pour profiter un peu plus longtemps des atouts de la région. Le conseil municipal avait su tirer profit de la situation et avait fait installer une petite aire de pique-nique judicieusement située.

Toujours à bord de la voiture empruntée, Charles ratissait large le village afin de trouver une trace de son fils, en vain. En raison de ses deux courses distinctes, la logique aurait voulu que Frédéric stationne sur le petit parking de la supérette ou bien sur celui de l'église, mais il n'y avait trace de sa voiture nulle part. Où pouvait-il donc être passé ? Force est de constater que si Frédéric s'était aperçu de la supercherie de son père et que par conséquent il avait cherché à le berner, le coup était réussi avec brio ! Mais Charles doutait que cette option soit la bonne. Il en optait pour une autre, la seule envisageable : Frédéric avait eu le temps de faire ses courses et était déjà sur le chemin du retour.

Il décida donc qu'il était temps de cesser ses recherches et d'aller acheter un quotidien au rayon presse de l'épicerie, autrement dit exécuter l'excuse lui servant d'alibi afin de maintenir l'illusion auprès de ses proches. Charles se gara donc sur le parking de la supérette. Quentin sortit le premier de la voiture et orienta son regard de l'autre côté de la route quand il aperçut une jeune fille aux cheveux si longs qu'Eléanore aurait forcément hurlé « je veux les mêmes » si elle les voyait. C'est avec une dextérité, que seuls maîtrisent les adolescents d'aujourd'hui, que Quentin sortit son portable de sa poche pour prendre un cliché l'instant suivant.

Son grand-père le voyant rêvasser l'interpella. Quentin lui dit qu'il venait de photographier une fille qui avait les cheveux hyper longs pour le seul plaisir de taquiner Eléanore. Son grand-père le réprimanda pour cette idée, mais pour une raison qu'il ignorait, il tenait à voir cette photo. Quentin accéda à sa demande. Les cheveux chocolat tombant jusque dans le bas du dos de la jeune fille interpellèrent immédiatement Charles, les traits de son visage ne le laissèrent pas indifférent non plus. Le choc était brutal ! Une idée se formait dans son esprit. Il devait à tout prix vérifier !

- Où est-elle allée ? dit-il précipitamment.

- Part là indiqua Quentin d'un geste de la main. Qu'est-ce qui se passe grand-père ?

Quentin emboîta le pas à son grand-père qui avançait d'un pas vif dans un silence inquiétant. L'inconnue avançait elle aussi rapidement et ils faillirent la perdre de vue à plusieurs reprises. Au bout de quelques minutes ils comprirent qu'elle se dirigeait vers les bancs réservés aux touristes et ils la virent faire un grand signe de la main. Nos deux détectives stoppèrent net leur poursuite et orientèrent leur regard vers l'opposé… Quelqu'un semblait venir en sens inverse, les arbustes pas encore suffisamment fournis en cette période de l'année ne laissaient guère de place à l'interprétation et le doute n'eut pas le temps de s'installer. Il s'agissait bel et bien de Frédéric !!!

Charles ne put retenir sa stupéfaction.

- Il a une petite copine !?! Qu'est-ce qui se passe grand-père ? Elle est drôlement jolie. Je suis certain qu'Eléanore va l'adorer.

- Il n'y a pas qu'elle, ta grand-mère aussi figure-toi. Cette jeune fille se nomme Valentine, il s'agit de la fille cadette d'une amie d'enfance de Marie-Edith. J'ignorais totalement qu'ils étaient en contact ! Quels cachottiers ces deux-là !!!

Puis se tournant vers Quentin il le félicita chaleureusement.

- On fait une sacrée équipe toi et moi grand-père. Quand on va raconter ça aux autres !!!

- Pas un mot à qui que ce soit. Nous on sait c'est l'essentiel.

La mission s'était clôturée en un temps record. Un mélange de fierté et de satisfaction personnelle envahissait Charles. Son fils n'aurait pu trouver meilleure compagne. Il se demanda si Emma était au courant de cette liaison. Il penchait pour le non, le cas contraire, Marie-Edith serait également informée et la connaissant, elle n'aurait jamais pu garder un tel secret plus de 10 minutes… Valentine correspondait en tout point au profil idéal de la belle fille selon ses critères.

Charles envisageait sérieusement d'arranger une rencontre avec Emma afin de lui faire subir un interrogatoire en bonne et due forme comme au bon vieux temps et obtenir une réponse à l'une de ses nombreuses questions.

Leur découverte les avait tellement surpris qu'aucun des deux complices n'avait pensé à acheter le fameux journal. Hélas ils ne s'aperçurent de leur omission qu'une fois rentrés. À la question formulée, Quentin, vif d'esprit répondit qu'ils avaient pris un café en ville et que Charles l'avait abandonné sur une table.

- Il ne se passe pas grand-chose de glauque dans le coin vous devez bien vous ennuyer.

- Charles enfin ! le réprimanda sa femme. Tu exagères Charles, ne sors plus jamais sans allumer ton portable. Vous vous êtes ab-sentés un long moment, je me suis inquiétée.

- J'ai mon permis avec tous mes points depuis plus de 30 ans et je doute d'en perdre un seul ma chère. Tu ne devrais pas t'inquié-ter comme ça. De plus, je n'étais pas seule, mon petit fils était avec moi.

- Justement j'étais deux fois inquiète insista-t-elle.

- Regardez cria Eléanore c'est Frédéric qui revient.

- Déjà ! s'exclamèrent en chœur Charles et Benjamin.

- Une heure un quart pour chercher du pain, c'est beaucoup je trouve mentionna Eléanore à haute voix.

## Chapitre 21

De retour à Vert-sur-Oise, Marie-Edith et son mari reprirent leurs habitudes. Marie-Edith continua un tricot, un bonnet pour son petit-fils, commencé le mois dernier. Le motif demandé par le jeune homme était celui d'un club de football dont elle avait oublié le nom. Elle avait beau se creuser la tête, pas le moindre indice ne lui venait en mémoire, quelle honte pensa-t-elle Charles soutient le même club. Après quelques instants de réflexion complémentaire, elle se rendit compte que son mari avait commencé à s'intéresser à ce sport à l'époque où Marie-Camille leur avait présenté Édouard et par conséquent Quentin. Ah ! L'influence des jeunes se dit elle ! Charles, quant à lui tenait ouvert l'un des quotidiens accumulés dans leur boîte aux lettres en leur absence. De son fauteuil elle ne pouvait voir le visage de son mari, caché en raison du grand format du journal. Quelque chose lui semblait néanmoins étrange. Était-ce le fait qu'elle ne l'entendait pas tourner les pages ? En avait-il tourné une seule d'ailleurs ? Était-il bloqué sur un article ? Si oui, pourquoi n'intervenait-il pas oralement pour justifier ce silence ? Elle se dit que, concentrée sur ses propres pensées, elle n'avait peut-être tout simplement pas fait attention aux bruissements des feuilles de papier et continua son ouvrage sans mot dire. Concernant Charles, suite aux derniers évènements, se concentrer sur sa lecture était tout simplement impossible, si ses yeux fixaient une page, son cerveau était ailleurs. Il nageait dans le bonheur. Son fils était casé …

127

ENFIN ! Et bien casé, très bien même. Il devait se ressaisir, en aucun cas sa femme ne devait se douter de quelque chose, un moindre faux pas déclencherait une série de questions assimilables à du harcèlement moral. Il réfléchissait à une stratégie lui permettant de compléter les quelques blancs restants quand il fut attiré par un article qui allait lui servir d'introduction pour atteindre son objectif.

- Tiens dit-il en en pliant légèrement son journal de façon à observer la réaction de sa femme. Une bijouterie vient d'être vandalisée sur Montmorency.

- Oh ! Mais c'est là que vit Emma s'exclama-t-elle en cessant son tricot.

- Ah mais oui ! Effectivement… As-tu eu de ses nouvelles dernièrement ? l'interrogea-t-il au cas où Marie-Edith n'aurait pas oublié de lui transmettre une confidence de taille… comme Valentine qui aurait un petit copain par exemple…

- Non il y a bien longtemps que je ne n'ai pas eu de nouvelles finit-elle par avouer. Elle reprit son ouvrage avant d'ajouter : il faudra que je l'appelle.

Charles consulta sa montre et l'incita à le faire sans tarder. Marie-Edith acquiesça et posa pelote de laine et aiguilles pour se rendre dans leur vaste entrée où était installé le téléphone fixe. L'intéressée n'ayant pas décroché, Marie-Edith laissa un message et rejoignit son mari.

À peine une demi-heure plus tard le téléphone sonna, Charles se leva rapidement en espérant qu'il s'agissait bien d'Emma. Il fut comblé. En tant qu'ancien commissaire Charles avait le don de soutirer des informations et comptait bien mettre celui-ci à profit pour son usage personnel. Il se renseigna sur la santé de son interlocutrice ainsi que sur celle de ses enfants. Il apprit ainsi que Valentine avait séjourné quelques jours dans la région Bordelaise. Emma avait vu sa fille le lendemain même de son retour et l'avait trouvée rayonnante. Ce voyage lui avait été apparemment très profitable.

- Je n'en ai aucun doute. Les émotions prenant le dessus il eut soudain peur d'en avoir trop dit et précisa que la région bordelaise était sa terre natale, par conséquent, il était bien placé pour en évoquer les ravissements. Marie Camille s'est installée là-bas depuis plusieurs années ajouta-t-il comme si ce détail pouvait déclencher quelque chose.

- Ah, mais oui, Marie- Édith m'en avait parlé !!

- Valentine a choisi un parcours touristique organisé ?

- Pas du tout, une de ses amies lui a indiqué une maison d'hôtes. Elle l'avait elle-même testée avec son compagnon et avait confié à Valentine son intention d'y retourner. Valentine m'avait envoyé un lien internet, j'ai donc pu voir quelques photos. Très bel endroit. Je t'avoue que j'étais très étonnée que ma fille, celle-ci en tout cas, choisisse une destination différente de celle de notre maison secondaire étant donné qu'elle s'y est toujours refusée à ce jour.

Cette remarque était inespérée pour Charles qui rebondit aussitôt sur l'occasion qui lui était offerte.

- Elle y est donc allée avec un petit ami.

- Non hélas, il n'y a pas d'homme dans sa vie. Si elle avait rencontré quelqu'un, elle m'en aurait forcément parlé. Elle n'aurait même pas eu à le faire ! En tant que mère, je m'en serais aperçue immédiatement.

Charles souriait. Marie-Edith qui avait entendu le téléphone sonner, voulut savoir qui était au bout du fil et prit le combiné dès qu'elle comprit qu'il s'agissait de son amie.

Charles satisfait de cet échange rejoignit son canapé et se replongea dans ses lectures sans laisser traîner une oreille indiscrète. Marie-Edith lui rapporterait forcément les éléments les plus importants de leur conversation, inutile donc de les entendre en double.

## Chapitre 22

Les parents d'Eleanore étaient les heureux propriétaires d'un pavillon en meulière situé en banlieue sud. Marie-Rose, qui avait hérité du gène de la main verte de sa mère, l'avait transmis à son tour à sa fille unique. Eléanore appréciait donc particulièrement les fleurs, » les roses roses, un peu moins les rouges et un peu moins encore les oranges, sauf celles qui sentent bon ». Arthur, piètre jardinier laissait volontiers le champ libre à sa compagne pour l'aménagement de la partie terrain tant que la zone à tondre n'excédait pas 20 mètres carrés.

Lors de leur emménagement il y a de cela trois ans, Marie-Edith avait fait don de quelques boutures qui avaient largement tenu leurs promesses. Mère et fille avaient également complété l'aménagement de la partie extérieure par l'achat d'arbres fruitiers dont un citronnier, choix original qui, dans un premier temps, fut hué par Arthur. Ce dernier changea subitement d'avis dès l'apparition de trois petits citrons. Deux pruniers et un pêcher complétèrent leur collection l'année suivante.

La maison était de taille suffisante pour une famille de trois personnes, un grand salon, une cuisine et trois chambres dont l'une avait été transformée en bureau afin qu'Arthur puisse travailler de son domicile via une connexion à distance. Un point négatif néanmoins : la difficulté de trouver une place pour stationner dans la rue, si bien que lorsque le couple recevait, Arthur sortait systématiquement leur véhicule dès l'aube afin de réserver un bout de trottoir pour les invités. C'est pour cette raison que ce matin, la petite demoiselle avait la lourde responsabilité de ne pas quitter des yeux le portail et prévenir son beau-père dès l'arrivée de l'un d'eux.

Marie-Camille, son compagnon et Quentin avaient partagé la voiture des grands-parents qui les hébergeaient le temps d'un week-end prolongé. Pendant que les hommes discutaient dans le salon disposé devant la cheminée, les femmes de la maison s'affairaient dans la cuisine. Eléanore, impatiente de passer à table, et ayant l'interdiction formelle de sa mère de piocher dans les cacahouètes, guettait par la fenêtre la venue de son oncle. La pendule indiquait presque midi et monsieur n'était toujours pas là. Elle nota que celui-ci arrivait de plus en plus tard ces derniers temps. Remarque approuvée par sa mère et sa grand-mère, mais la réflexion n'alla pas plus loin, elles avaient tellement de choses à se dire qu'elles ne voyaient pas le temps passer contrairement à Eleanore qui observait attentivement la grande aiguille des minutes tourner et commençait sérieusement à perdre patience.

- On commence sans lui. Finit-elle par dire exaspérée.

C'est à ce moment même qu'une voiture fit un créneau très délicat entre deux véhicules stationnés sur le bas-côté. Frédéric sortit et Eléanore le vit prendre son portable. Impatiente elle sortit en trombe de la maison et entendit les derniers mots prononcés par son oncle, mots on ne peut plus communs qui allaient bouleverser l'assemblée : « Je t'embrasse comme je t'aime. »

- C'est qui ton amoureuse ?

Marie Camille ayant entendu la réflexion de sa fille hurla :

- Frédéric à une petite copine !

Le silence fut total. Le secret de Frédéric venait d'être découvert. Charles et Quentin se regardèrent furtivement sans intervenir.

- Mon chéri, lui dit sa mère, je suis si contente. Tu n'imagines pas à quel point ! Mais où est-elle ? Je ne la vois pas ! s'étonna-t-elle.

- Va la chercher maintenant ! ordonna Marie-Camille

- Ah non ! Moi j'ai trop faim ! gronda Eléanore.

Stupéfait d'avoir été découvert, Frédéric resta tétanisé quelques instants, puis muet face aux innombrables questions de ses proches : comment s'appelait-elle ? Quand l'avait-il la rencontrée ? Où ? Quel âge avait-elle ? Que faisait-elle dans la vie ?

Sans réponse de sa part, Marie-Edith insista.

- Frédéric je suis ta mère je dois savoir. Charles oblige-le à me répondre ordonna-t-elle en se tournant vers son mari.

- Fichez- lui la paix ! Frédéric nous parlera d'elle quand il le souhaitera.

- Charles ! hurla Marie-Edith. Alors qu'au même moment les filles crièrent « Papa ! » et le sermonnèrent pour son comportement si permissif contraire à ses habitudes.

- Tu m'as harcelée quand je sortais avec Édouard tu dois te montrer aussi ferme avec notre frère. Fit remarquer Marie-Camille.

- Moi je suis un homme ! se défendit Frédéric, j'ai donc tous les droits.

Les hommes de l'assemblée acquiescèrent quitte à endurer les remarques désagréables de leurs conjointes.

Afin d'amener un peu de silence, Frédéric accepta enfin de sortir de son mutisme :

- Un peu de silence s'il vous plaît. Vous la rencontrerez... quand je l'aurai décidé... Chacun s'attendait à ce que l'amoureux dévoile quelque chose de tangible, une date en somme, mais aucun n'aurait imaginé qu'il puisse ajouter : j'attends juste qu'elle ait 18 ans !

Contrairement au reste de l'assemblée, Frédéric s'amusa de sa répartie.

- Frédéric ! l'implora Marie-Edith dont le visage commençait à perdre des couleurs.

- Si vous voulez tout savoir, je l'ai rencontrée sur son lieu de travail, un club de strip-tease. Et pour être honnête avec vous, sachant pertinemment qu'elle vous déplaira fortement, surtout à toi maman, il me semble peu souhaitable que vous fassiez sa connaissance.

Au bord des larmes et totalement décomposé, l'état physique de Marie-Edith devenait inquiétant au point de faire réagir son mari. Ce dernier réprimanda fermement son fils pour son comportement indigne de l'éducation qu'il avait reçue.

Eléanore profita du silence qui venait de s'installer pour demander si elle avait les cheveux longs, ce à quoi Frédéric précisa : très longs. Tu la trouveras sans aucun doute très jolie et je suis persuadée qu'elle t'appréciera beaucoup.

Frédéric avait pris un air tellement sérieux tout au long de son discours que sa propre mère ne pouvait distinguer le vrai du faux, en espérant que du faux il y avait. Quentin ayant pris conscience du désespoir de sa grand-mère lança à son intention un fait établi :

- On dit que les filles ont peur de leur belle mère. Il paraît qu'elles repoussent toutes la date des présentations officielles de peur d'être jugées « insuffisantes » et par conséquent jetées aussi sec par leur fiancé.

- Mon chéri ! dit-elle en regardant son fils, sache que si tu l'aimes, je l'aimerai aussi, même si…

Ayant peur d'entendre la suite des pensées de sa mère Frédéric l'interrompit :

- Merci Maman. Je lui dirai que tu veux la rencontrer.

- As-tu déjà fait connaissance avec sa famille ? voulut-elle savoir.

- Plus de questions pour aujourd'hui. J'ai une faim de loup pas vous ?

Frédéric se fraya un chemin, aussitôt suivi par Eléanore. Une fois à table, les conversations prirent un peu de contenance et une ambiance bonne enfant plana toute l'après-midi dans l'air. Si chaque personne présente semblait détachée, chacune observait en permanence le feu célibataire pour tenter de lire au fond de ses yeux et glaner ainsi quelques informations sur sa bien-aimée. Frédéric en eut conscience, et resta particulièrement vigilant.

Totalement déconnecté de l'environnement extérieur, Marie-Edith ne pouvait détacher son regard de celui de son fils. Elle, qui, depuis si longtemps, avait espéré vivre ce « délicieux » moment, était fort déçue, car il ne correspondait en rien à ses attentes.

Frédéric aurait dû dans un premier temps parler d'une jeune femme récemment rencontrée en termes flatteurs, ce qui aurait éveillé quelques soupçons. Ainsi elle aurait pu apprendre quelques informations sur la demoiselle avant que Frédéric ne soit plus engagé dans sa relation. C'est ainsi que les choses auraient dû se dérouler, mais sûrement pas d'une manière aussi brutale, voire désagréable. Et, comme si cela ne suffisait pas, Charles se comportait étrangement. Vraiment cela ne présageait rien de bon en conclut Marie-Edith. Qui pouvait être cette femme pour qu'il n'ose ni prononcer son nom ni fournir la moindre information ? Pour quelles raisons était-il tombé amoureux d'elle ? Était-ce de bonnes raisons ? Marie-Edith s'interrogeait sur sa future belle fille. Ayant promis de ne plus intervenir, elle se fit violence et ne partagea aucune de ses inquiétudes. Pourtant…

Tout au long du repas, les sœurs s'arrangèrent pour se retrouver seules en cuisine et échanger leurs impressions à vif. Elles tentaient d'imaginer celle qui sera leur future sœur. Au vu des circonstances l'espoir de la rencontrer était aussi fort que leur appréhension.

Le soir venu, Marie-Edith voulut échanger sur le sujet avec son mari, mais Charles plaida qu'il était vanné et préférait donc se retirer dans sa chambre sans tarder. Marie Camille qui passait la nuit chez ses parents envisagea toutes les possibilités même les plus glauques concernant cette mystérieuse femme. Elle héla son beau-fils qui faisait semblant de lire le journal laissé par son grand-père sur la table basse du salon pour savoir si celui-ci avait pu glaner quelques informations, mais Quentin grommela que non. Sur ce, l'adolescent disparut au premier étage où il croisa Charles. Les deux hommes échangèrent un immense sourire dans le plus grand silence.

Édouard fit son apparition au salon, étant le seul homme présent, il ne tenait pas à participer à l'élaboration du portrait-robot de la petite copine de Frédéric. Il se limita à dire que si l'intéressé avait attendu 40 ans et que selon toute vraisemblance il était fou amoureux c'est sans nul doute que la demoiselle devait être parfaite « de partout » pour reprendre son expression.

## Chapitre 23

En poussant la porte d'entrée de son domicile, Frédéric devina au bruit que quelqu'un mettait le couvert sur la table en bois de la cuisine. Il déposa son trousseau de clefs dans le vide-poche de l'entrée prévu à cet effet et alla rejoindre celle qui avait accepté de devenir sa compagne.

Cette année, la température extérieure laissait espérer un printemps magnifique, la saison préférée de Valentine. À chaque fois qu'il posait les yeux sur elle, il ne pouvait s'empêcher de penser à toutes ces années perdues, mais il pensait également que si la vie avait voulu que les choses se passent ainsi c'est qu'il y avait une bonne raison.

L'aménagement de Valentine datait de trois semaines jour pour jour. Et, puisque, de son ancienne vie, la jeune femme n'avait conservé que ses affaires personnelles ainsi que quelques ustensiles indispensables, selon elle, dans une cuisine digne de ce nom, le projet avait pu être achevé en l'espace d'une seule journée. D'un commun accord, le jeune couple avait choisi de mettre en location meublée le 20m2 de Valentine, ce qui fut une excellente initiative puisqu'à peine trois heures après avoir posté l'annonce, une dizaine de rendez-vous avaient été programmés et un contrat fut signé dans la foulée.

Seules deux personnes avaient été averties de la nouvelle ; Marietta, qui hurla de joie et Bruno dont la réaction fut plus sévère

« T'imagine pas dans quoi tu t'embarques », sans en penser un mot, car pour avoir eu l'occasion de rencontrer Valentine, il sut d'instinct qu'elle ferait le bonheur de son ami.

## Chapitre 24

Quelques jours plus tard, un samedi matin, alors que Frédéric dormait encore, le téléphone fixe sonna. Frédéric sursauta, se leva d'un bon, mais de peur de n'avoir le temps d'attraper le combiné avant que le répondeur ne se déclenche il demanda à Valentine, qui prenait tranquillement son thé Darjeeling de décrocher. Un coup de fil dès 9 H du matin un week-end ne présageait rien de bon. À peine eut-elle décroché que la personne au bout du fil prononça d'une voix douce.

- Bonjour, c'est maman.

- Un instant SVP. C'est ta mère !!!! dit-elle, mi-ennuyée mi-amusée en tendant le combiné.

Mais Marie-Edith avait déjà raccroché…

À plusieurs kilomètres de là, une femme d'âge mûr appela son mari avec un timbre de voix laissant entendre qu'un drame venait d'arriver.

- Elle vit chez lui, susurra-t-elle.

- Je ne comprends rien ! Qui elle ? Qui lui ?

- Frédéric, son amie est chez lui. Il n'est que 9 H !

- C'est très bien ça.

- Charles ! On ne la connaît même pas !!

- Fiche lui la paix.

- Charles !

- Et à moi aussi !

- J'ai trois enfants, l'une de mes filles est divorcée, l'autre est en couple avec un divorcé, j'aurais voulu que le dernier choisisse une célibataire. Tu n'imagines pas les allusions de mes amies de la paroisse.

- Ne me parle pas de ces bigotes !

N'appréciant guère l'implication de son épouse au sein de la paroisse, Charles avait tenté à plusieurs reprises de la dissuader de poursuivre ce bénévolat, en vain. C'est via cet intermédiaire, il y aura de cela un peu plus de 40 ans que toute jeune mariée, Marie-Edith avait rencontré des personnes formidables dont certaines étaient à présent des amies proches. Depuis, ces dernières étaient soit parties vers d'autres diocèses soit leurs responsabilités familiales les avaient contraintes à abandonner de façon irrévocable, du moins, c'est la raison qu'elles avaient invoquée avant de mettre fin à leur fonction au sein du groupe. Pendant quelques années, Marie-Edith avait elle-même laissé de côté l'organisation afin de ne pas entraver son rôle de mère, d'autant plus qu'avoir un mari dans la police, ne lui permettait guère d'établir un emploi du temps réglé comme du papier à musique. Elle se devait de gérer les imprévus dès qu'ils se présentaient et cela ne lui permettait pas de se rendre disponible de façon régulière. Dès que ses enfants furent en âge de se gérer seuls, Marie-Edith avait repris du service. À regret, car elle s'était vite rendu compte que l'ambiance au sein de la paroisse avait bien changé. À présent les membres ne se réunissaient que pour le plaisir de se pavaner et juger son prochain en termes peu flatteurs. Marie-Edith n'avait aucun plaisir à participer à ces réunions et ne le faisait que par obligation. Elle s'interrogeait sur le bien-fondé de rester en contact avec des langues de vipères.

- J'abandonne.

- Excellente idée, laisse notre fils tranquille.

- Non, Charles, j'abandonne la paroisse... Définitivement.

- Alléluia.

Elle s'interrogeait : Et si je rejoignais une autre association ? Non, Frédéric aura certainement besoin de moi dans les années à venir... Si son souhait venait à se réaliser, elle serait bientôt grand-mère d'un nourrisson, pour la seconde fois. Elle nota de faire une prière pour être sûre de s'entendre avec sa belle-fille. Oh ! Le mariage, il faudra préparer le mariage ! Elle jugea préférable de ne pas aborder le sujet avec son mari, le moment était mal choisi et de toute façon la tradition veut que cette célébration ait lieu dans le pays de la mariée et si la jeune fille était du coin, elle le saurait.

Marie-Edith aurait apprécié partager les derniers évènements de sa vie, ses appréhensions avec son amie d'enfance. Cependant elle s'y résigna non pas faute de temps, mais par respect, car Emma désespérait de savoir sa fille cadette encore célibataire, par conséquent il eut été parfaitement indécent d'aborder ce sujet avec elle. Valentine était pourtant une fille si charmante... Elle aurait été parfaite pour Frédéric.

- Dieu du ciel, pourquoi n'y ai-je pas pensé plus tôt ! Il était trop tard à présent, bien trop tard...

143

## Chapitre 25

Après négociation avec ses proches, Frédéric avait été contraint de faire une promesse à Marie-Edith, lui offrir le plus original des cadeaux de fête des Mères. Il s'agissait ni plus ni moins de la présentation de celle qu'il avait souhaité nommer jusqu'alors que par sa fonction : sa fiancée.

Angoissée, Marie-Edith avait passé une très mauvaise nuit la veille du jour fatidique, alors que son mari restait imperturbable sans aucune once d'inquiétude ni dans ses gestes ni dans sa voix, une désinvolture qui indisposait sa femme. Cette rencontre tant attendue n'avait aucun impact sur lui, elle le soupçonnait même de s'amuser de la situation. Les présentations des petits copains des filles ne s'étaient pas déroulées dans le même esprit. Dans un premier temps il s'était renseigné en utilisant pour des raisons personnelles les archives du commissariat de police et avait accepté un face à face avec le jeune homme afin de valider le choix de chacune. Les jeunes filles, plus inquiètes que leur père, avaient à l'époque une peur bleue de devoir choisir entre leur fiancé et leur papa. Heureusement, cette situation a pu être évitée. Or concernant Frédéric, Charles se comportait en totale indifférence, une réaction pour le moins troublante. Certes, Frédéric était digne de confiance, mais tout de même il s'agissait de l'avenir de leur fils ! Âgé de 40 ans, le jeune homme jouissait d'une bonne situation professionnelle, un appartement bien situé, il était séduisant et comme toute mère elle pensait que celle qui deviendra sa femme aura une chance inouïe.

L'enthousiasme de Charles ne cessait d'intriguer Marie-Edith. Et si Frédéric s'était confié à lui en fin de compte ? Ses filles étaient persuadées du contraire. Elles en avaient longuement parlé de cette possibilité. Frédéric avait bel et bien gardé le secret jusqu'au dernier moment, un peu trop tard d'ailleurs puisque les amoureux vivaient, à présent, ensemble. Marie-Edith se remémora le jour où elle avait appris l'existence de la fiancée. Frédéric s'était montré terrible en faisant croire que sa conquête était une strip-teaseuse, mineure qui plus est.

Bien qu'ayant longuement réfléchi la veille à la tenue qui serait la mieux appropriée pour l'occasion, Marie-Edith hésita une fois encore. Son choix final la seyait il suffisamment ? N'avait-elle pas trop l'allure d'une belle-mère ? En aucun cas elle ne voulait satisfaire le stéréo type de celle fonction. Frédéric lui avait précisé lors de son invitation que sa compagne jugeait les gens au premier coup d'œil et que par conséquent elle devrait se monter particulièrement attentive et ce à tous les niveaux, car elle n'aurait pas de seconde chance de faire une bonne première impression. Charles, présent lors de cet échange était intervenu pour rassurer une maman bien trop inquiète. Frédéric, le jeune homme charmant et attentionné ne cessait d'inquiéter sa mère. En un rien de temps, il était devenu un fils indigne à force de taquiner cette dernière pour un sujet si important. Frédéric riait de bon cœur à toutes ses plaisanteries de mauvais goût. Marie-Edith ne l'avait jamais vu si heureux et si épanoui et pensa que finalement la situation de la jeune fille n'était que secondaire. Puisqu'elle était la raison de son bonheur, elle ne pouvait que l'apprécier.

Depuis son réveil, Charles affichait un sourire satisfait. Il avait refusé net de mettre une cravate comme l'aurait souhaité sa femme. Le non prononcé par celui-ci ne laissa entrevoir aucune négociation possible. Avant de prendre la route, Marie-Edith avait composé un joli bouquet de fleurs du jardin en guise de cadeau de bienvenue. Elle se demanda soudain si Frédéric avait un vase chez lui... Non, elle n'allait pas le ou plutôt les déranger pour si peu...

## Chapitre 26

Aucun membre de la famille de Valentine n'étant, jusqu'alors, dans la confidence des changements majeurs venus bouleverser son quotidien, la jeune fille avait dû jongler entre sa vie privée et sa vie privée bis. Après réflexion, la chipie conclut qu'au fond, même si ses ressources vitales étaient épuisées, jouer les équilibristes l'avait bien amusée. Tout en enfournant des petites quiches aux légumes réalisées pour l'occasion, elle consulta la pendule de la cuisine et fut soulagée que la supercherie soit sur le point d'être dévoilée.

L'ensemble des proches de Valentine était censé visiter ce jour l'appartement qu'elle envisageait, soi-disant, d'acquérir. La localisation du bien surprit tout le monde, car, Valentine ne jurait que par le 11ème arrondissement. Elle justifia son choix par un discours on ne peut plus crédible en insistant principalement sur le fait qu'elle commençait à se sentir à l'étroit dans son petit studio. Cette soudaine révélation allait forcément engendrer quelques hypothèses...

Puisque Clothilde et son conjoint avaient prévu de faire le déplacement en voiture, il fut convenu qu'ils fassent un léger détour pour prendre Emma sur leur passage. Cette dernière ne voyait aucun inconvénient à utiliser les transports en commun, mais Clothilde refusa net cette possibilité. Même si celle-ci ne l'avouera jamais, cette disposition lui convenait particulièrement, car elle comptait mettre en garde sa fille aînée contre tout jugement trop sévère concernant le choix immobilier de la cadette.

Le niveau d'importance que Valentine avait émis quant à la présence quasi obligatoire de l'ensemble des membres de la famille avait laissé stoïque Jean-Raoul. Faire les choses en grand n'était pas le genre de sa belle-sœur, prévenir au dernier moment non plus d'ailleurs. Quant à son refus net d'envoyer des photos du bien à la vente, il lui sembla des plus suspect… L'appartement était-il dans un état proche de la démolition ? Le projet était-il délirant ? Il se remémora l'époque où Clothilde, Delphine et lui-même avaient tenté de dissuader la miss d'investir dans une petite surface, insistant sur le fait qu'elle se sentirait vite à l'étroit. La revente de ce home sweet home ne posera aucun problème, car l'état du marché immobilier dans la capitale était actuellement en faveur des vendeurs. Trop de mystères ne présageaient rien de bon… Elle n'a tout de même pas de vue sur un 150 m² ? s'inquiéta-t-il soudain…

La veille, en rentrant de leur travail respectif, Delphine et Clothilde avaient longuement discuté des incohérences relevées par chacun. Après avoir lancé une recherche sur « Google map », elles furent rassurées, en partie du moins, car l'adresse indiquée par Valentine correspondait à celle d'une résidence arborée, tout à fait dans le style de leur sœur. Elle qui ne jurait que par la campagne, la vue d'un chêne centenaire avait dû faire chavirer son cœur ! Néanmoins, elles étaient convaincues qu'un autre mystère planait dans cette histoire et décidèrent d'associer leur flair pour découvrir le fin mot de cette énigme. Delphine toujours extrême dans ses craintes s'inquiétait du niveau d'enthousiasme non dissimulé de leur sœur cadette… Se droguait-elle ?

## Chapitre 27

Arrivée devant le portail de la résidence dite du chêne vert, Marie-Edith aperçut son cher fils aider Marie-Rose à sortir un sac du coffre de leur véhicule. Eléanore qui reconnut immédiatement la voiture de ses grands-parents tapota le bras de son oncle afin que ce dernier lui prête son bip pour ouvrir la grande porte. Hésitant dans un premier temps, il se laissa influencer par la petite fille qui lui certifia son aptitude à accomplir seule cette mission.

Entre temps, Valentine de retour de la boulangerie, s'était cachée derrière l'une des palissades et observait le manège se déroulant sous ses yeux. Elle reconnut Marie-Rose et découvrit pour la première fois Eléanore. La petite fille ressemblait trait pour trait au souvenir qu'elle avait de sa mère à l'époque où les deux femmes jouaient encore à la poupée. Les parents de Frédéric étaient quant à eux tels que dans ses souvenirs remontant à trois ans à peine. De passage chez sa mère le jour même où celle-ci avait convié ses amies, Valentine avait pris un brunch en leur compagnie. C'est amusant pensa la jeune fille : « Je m'en souvenais comme si cela datait d'hier ». Elle se demanda une fois encore comment les parents de Frédéric allaient réagir en découvrant l'identité de la fiancée de leur fils. Frédéric quant à lui était très confiant et n'avait pas le moindre doute ni sur l'approbation de ses parents ni sur celle d'Emma.

Au même moment en tant que copilote, Clothilde, attentive au nom des rues qui défilaient à sa droite, lut exactement celle qu'elle cherchait. Quelques minutes plus tôt, à quelques mètres d'un croisement, il lui avait semblé avoir reconnu le bâtiment aperçu la veille sur le web. Soudain, elle crut voir sa sœur portant un sac à la main d'où sortait quelque chose de long comme une baguette de pain. Édouard insista sur le fait qu'elle se trompait forcément, puis se rétracta dès qu'ils se rapprochèrent de quelques mètres supplémentaires. Les passagers sortirent du véhicule. Valentine absorbée par la scène qui se déroulait sous ses yeux n'avait pas prêté la moindre attention au trafic routier. Alors qu'elle allait s'apprêter à héler sa fille, Emma fut alertée par des voix qui lui en rappelèrent d'autres et orienta son regard de façon à vérifier son intuition.

- Marie-Edith ! Charles ! C'est un concours de circonstances incroyables ! Ma fille envisage de s'installer dans cette résidence ! Nous visitons ce jour !

- Emma ! Je suis si contente de te voir ! Figure-toi que Frédéric habite ici. Il nous a conviés pour nous présenter…

- Valentine… Prononça ce dernier en coupant la parole à sa mère. Maman, Papa, Marie-Rose et Eléanore, je vous présente ma fiancée… Valentine.

Charles se pressa de souhaiter la bienvenue dans la famille à sa belle-fille tandis que le reste de l'assemblée resta pantois.

L'annonce n'ayant aucun rapport avec l'objet de leur venue, il fallut quelques minutes aux proches de la jeune fille pour prendre conscience de la réalité. Du côté du fiancé, seul Charles maîtrisait parfaitement la situation et pour cause…

Les amoureux accusèrent une foule de reproches qu'un coup de klaxon fit cesser. Delphine avait volontairement enfreint le Code de la route dès qu'Antoine l'eut avertie qu'il avait vu sa grand-mère, Valentine et beaucoup des messieurs dames qu'il ne connaissait pas. Delphine reconnut les inconnus d'Antoine et s'étonna de leur présence en ces lieux. Clothilde se chargea de l'informer de l'objet véritable de leur présence. Heureuse pour sa sœur elle lui avoua qu'elle n'aurait pu faire meilleur choix et ajouta à l'intention de sa mère : on aurait dû y penser !

- C'est exactement l'opposé d'André glissa Jean-Raoul à l'intention de sa femme qui comprit le message.

Marie-Camille qui n'avait pas pu faire le déplacement depuis la région bordelaise fut informée par Frédéric lui-même de l'identité de l'élue de son cœur. Surprise, mais non moins ravie, Marie-Camille avait hâte de revoir son amie d'enfance et lança une invitation pour le week-end suivant.

Absent également, Stéphane sera mis dans la confidence dès qu'il consultera ses SMS. En règle générale, Delphine avait en charge la logistique du hobby des jumelles, mais étant donné les circonstances exceptionnelles, les parents avaient permuté leurs obligations. Stéphane était donc à la piscine municipale où les filles suivaient un cours pendant que Delphine et Antoine visitaient le domicile de Valentine.

Frédéric avait posé des rallonges à la petite table ronde de la salle de séjour pour aligner les quiches, les blinis au saumon fumé sur fines tranches d'avocat, les diverses salades composées ainsi que les boissons et les desserts qui firent l'unanimité auprès des convives. Frédéric taquina Marie-Rose qui, une fois encore, était venue avec une portion de son entrée fétiche : carottes râpées assaisonnées au jus d'orange.

- Moi j'aime bien les carottes, les oranges aussi intervint alors Antoine.

- Merci mon lapin répondit-elle attendrie par la remarque du petit garçon.

Antoine se mit à rire. Il adorait les lapins en peluche, car ils ont de grandes oreilles toutes douces. Il se dit que la dame était gentille, d'ailleurs, sa maman avait l'air de bien s'entendre avec elle. Il observa l'amoureux de Valentine. Il était aussi grand que son papa. Il pensa à ses sœurs. Il aura plein de choses à leur raconter ce soir, car elle ne connaissait pas Frédéric, il avait posé la question à sa maman. Il se demanda ce qu'il pourrait bien leur dire pour leur faire peur.

# TABLE DES MATIÈRES

Dépôt légal juin 2017
*Achevé d'imprimé en France*

PGCOM Editions  Route Inthatarteak  64480 Ustaritz

www.ingramcontent.com/pod-product-compliance
Lightning Source LLC
Chambersburg PA
CBHW030551030726
47495CB00004B/1215